U0009995

致光之君

紫式部、和泉式部 等——【著】

陳黎、張芬齡——【譯】

目錄

譯序
致光之君與影之仙后

陳黎、張芬齡

　　前不久，日本 NHK 電視台宣布開拍該台 2024 年大河劇《致光之君》（光る君へ）——這是一部以世界第一本長篇小說《源氏物語》作者紫式部為主角的持續一年播出的大型連續劇，由女星吉高由里子擔綱演出紫式部一角。「光之君」（光る君：光耀的你）是《源氏物語》中對主人公（光）源氏的美稱，其原型據信即是此部大河劇男主角藤原道長——紫式部、和泉式部等所仕「上東門院」藤原彰子（一條天皇中宮）之父。

　　出版社來電問是否可以做一本與此有關的譯詩集。近一年多來，我們恰好陸續又閱讀、選譯了一些我們覺得不錯的紫式部、和泉式部、小野小町等女歌人短歌，便提議是否能選譯一本以《致光之君》為書名的日本六位女歌人短歌集，出版社欣然曰諾，遂有了此本《致光之君：日本六女歌仙短歌 300 首》。

　　「致光之君」不只是向她們（或我們）理想中發光、令人欽慕、近乎完美的人物／形象致意、致敬，也是向天地間發出／引發出大大、小小之光、之美、之「哀」（哀れ，aware：哀憐、情趣、深切感動）的人、事、物致意和致敬。

選在這本書裡的小野小町、伊勢、赤染衛門、紫式部、和泉式部、式子內親王這六位，都是生於日本「平安時代」（794-1185）的赫赫文學大咖、女歌仙。她們使用女流的、陰性的日本本國文字「平假名」——被稱為「女文字」（おんなもじ，onnnamoji）或「女手」（おんなで，onnnade）——書寫和歌、日記、物語。也躲在陰影處書寫和歌、情書，給在朝廷上，在光處、亮處，用漢字——被稱為「男文字」（おとこもじ，otokomoji）或「男手」（おとこで，otokode）——寫漢文、漢詩，應對進退、做官、應酬、求功名，但常常讓她們「候君君不至」的諸漢子。她們以「月影」（つきかげ，tsukikage：月光），以文字的火花，引燃給另一個性別的彬彬（或不彬彬）君子的光。她們也是她們自身溫柔、陰柔，幽影之國、陰性書寫世界中的仙后。

　　小野小町貌美多情，是日本第一部敕撰和歌集《古今和歌集》（905 年編成）序文中論及的「六歌仙」中的唯一女歌仙，其熾烈真摯的情感為後世歌人們留下了視激情、情慾為合法、正當的詩歌遺產。伊勢據說絕美多才，先後被天皇父子所寵幸，是《古今和歌集》裡女歌人作品選入最多者（22首），她的《伊勢日記》是後來《紫式部日記》、《和泉式部日記》等女流日記文學的先驅。赤染衛門是這六位女歌仙中最「正派」、最「良妻賢母」（りょうさいけんぼ，ryousaikenbo）型的一位，詩風知感並濟，不乏深情與機智，被認為是編年體歷史故事《榮花物語》正編的作者。紫式部憑一部《源氏物語》成為平安時代家喻戶曉的人物，其「物哀」（物の哀れ，mononoaware）美學對日本文學、藝術、民

族風格的影響延續千年，被尊為「大和民族之魂」；《源氏物語》是日本文學巔峰之作，也在世界文學中占有重要一席，此書出場人物四百餘人，主要角色二、三十人，紫式部戴上多副獨白／對白的隱形面具，為他們寫了 795 首短歌——一口一舌而能多聲道發聲——生在現代，一定是各方極力爭取的「聲優」，她的《紫式部日記》裡也收了 11 首她作的短歌。同樣貌美多才的和泉式部更是韻事不斷的多情女子，已婚的她先後與為尊親王、敦道親王兄弟熱戀，著名的《和泉式部日記》即記錄其與敦道親王的愛情故事，充滿「物語」風，其中綴入了 147 首短歌；她是 1086 年編成的《後拾遺和歌集》裡作品被選入最多的歌人（68 首），留給後世的歌作逾 1500 首，堪稱日本古往今來首屈一指的女歌人。式子內親王是此六位女歌人中唯一從「平安時代」跨到「鎌倉時代」（1185-1333）者，與《萬葉集》、《古今和歌集》鼎足而三的《新古今和歌集》（1205 年編成）選入其歌作 49 首，是女歌人中最多者。

有趣的是，擔任中宮彰子女官的紫式部，在其《紫式部日記》第 48 篇中，頗為直率地議論了和泉式部與赤染衛門此兩位其「上東門院」同僚：

　　和泉式部與我有過深富情趣的書信往來。然而她也有讓我覺得難以雅賞的行徑。她是個才華洋溢的人，信筆寫來，隻言片語短牘中也文采盎然。她的和歌確實很有天賦。但對一個真正的歌人來說，她對和歌知識與理論的認識還不足。她隨口吟出的和歌中，總會有令人驚異

的亮點。然而當她議論或評價他人作品時，可感覺她並沒有真正理解和歌的精髓。她只是那種出口成章、即興發揮才能的歌人。還不至於傑出到讓我相形見穢，自嘆不如。

丹波守的正夫人，中宮和道長大人都稱她為匡衡衛門（赤染衛門）。她也許不是天才，但她的歌作卻有其獨特的風格；她也沒有覺得自己是歌人就得將隨處所見吟詠成歌。就吾人所見，她的歌作，即便是偶感之作，也都優美得令我羞愧。而那些動輒吟出上句、下句不搭之歌作的人，自以為是佳句妙語而洋洋自得的歌人，真令人覺得可恨又可憐。

在上面的引文裡，我們看到紫式部對和泉式部生活中「不倫」的行為難以苟同，但承認其為文、寫詩的才華，然而又認為她對經典和歌學養不足，算不上是高紫式部一籌的歌人——相對地，紫式部又在談論赤染衛門歌作的結尾部分，強悍地武裝自己，狠狠而迂迴地酸了一下和泉式部。這些文字讓我們略窺到女流文學家輩出的平安時代中期，宮廷中擅長寫作的女官間是如何地互相較勁。赤染衛門在世時被視為她那個時代頂尖的女歌人之一，而在今日世界，即便只透過翻譯，東西方各國讀者、學者，應該都很容易被和泉式部富情色也富哲思、充滿魅力的短歌所打動。從和歌史的面向觀之，那個時代的歌作仍遵循《古今和歌集》以來重知性且精雕細琢的寫作方式，而和泉式部的歌作卻是感情每每即興流露、直抒胸臆的新歌風。站在傳統立場的紫式部，如是無法

及時充分領略到和泉式部另類曼妙詩藝，而對其揶揄有加。

我們把和歌（waka）又叫作短歌（tanka），是因為從《萬葉集》以降，所有的和歌集裡選入的歌作九成以上都是 5-7-5-7-7（共三十一音節）的短歌。和歌的「和」字頗有意思。一方面指大和民族（日本）的詩歌，一方面則可有「和好、相和」之意。日本現代詩人與評論家大岡信，在其於巴黎法蘭西學院的「日本的詩歌」講稿中說，「和」這個詞作為動詞就是「應和人聲」——乃至於「應和人心」——達到一種與對方「互親互慰、和諧共處」之境，而所謂「應和人心」就是與草木鳥獸蟲魚相和、同歌的「詩心」。他說「應和人聲」與「和歌舉足輕重的作者恰都是女性」兩者之間有密切關係。古來各種和歌選集裡最大宗的題材就是男女之愛，因為和歌／短歌是古代日本男女之間談情說愛、和好相好的唯一媒介（幸好當時沒有網路和手機，不然傳的只是動輒夾帶錯字的短訊，而非今日讀到的優美、傳世短歌了）。大岡信說和歌是沒有女性就無法存在的詩歌，因為男性（眾「漢」子們）如果要追求女性，就必須暫且棄「漢」（字／男文字）而隨「和」（平假名／女文字）之書寫。九世紀初之前，日本只有語言而無文字，官方文書都使用漢字，上流階層皆精通漢文，也以創作漢詩為榮，傳統和歌因而衰落，導致 760 年至 840 年這段期間有「國風（日本本國詩歌／和歌）暗黑時代」之稱。隨著「假名」（日本文字）的出現，有識之士力倡復興本國文學，以日文表達漢文無法淋漓呈現的日本人民的思想與情感，和歌於是逐漸抬頭。十世紀初編成的《古今和歌集》即意謂日本文學／文化掙脫了中國文化的絕對影響。當紀貫之

在《古今和歌集》「假名序」中寫出「やまと歌は、人の心を種たねとして、よろづの言の葉とぞなれりける……力をも入れずして天地を動かし、目に見えぬ鬼神をもあはれと思はせ、男女の仲をも和らげ、猛き武士の心をも慰むるは歌なり」（夫和歌者，託其根於心地，發其華於詞林者也……不假外力，可動天地、感鬼神、和男女、慰武士者，和歌也），就彷彿是和歌對漢詩「百年抗戰」有成後的「和」平（假名）宣言。

但何以「和歌舉足輕重的作者恰都是女性」？蓋「漢」子們關心的都是社會性之事，他們光明正大參與公務，在私生活上（譬如愛情）卻遮遮掩掩、暗夜行路。相對之下，女性們對愛情較關心，勇於更深刻、更誠實地表達自己的情感，因此在和歌書寫的震撼力上遠超過男性。

比紀貫之《古今和歌集》「假名序」超前兩百三十多年的九世紀日本女歌仙額田王，在天智天皇詔內大臣藤原鎌足命眾男臣以漢詩「競憐春山萬花之豔、秋山千葉之彩」後，即興地以一首「和歌」了結群「漢」之爭鳴（「以歌判之歌」），為男臣們的「漢」詩會閉幕──「冬ごもり、春さり来れば、鳴かざりし、鳥も来鳴きぬ、咲かざりし、花も咲けれど、山を茂み、入りても取らず、草深み、取りても見ず、秋山の、木の葉を見ては、黄葉をば、取りてぞ偲ふ、青きをば、置きてぞ嘆く、そこし恨めし、秋山我は」（嚴寒冬籠去／春天又登場，／不鳴鳥／來鳴，／未綻花／爭放，／樹林蓊鬱／入山尋花難，／野草深密／看花摘花何易？／秋山／樹葉入眼，／紅葉／取來細珍賞，／青葉／嘆留在枝上──

12

／雖有此微恨，／秋山獲我心！）

這場春、秋之爭的「漢」詩會，與其說是秋山贏，不如說是特別來賓女歌人的「和歌」脫穎而出獲勝。這就是以平假名、女文字書寫的女歌仙。這就是陰性書寫國度中的仙后，六仙后。這就是何以平安時代是日本女流文學、日本本國文學高峰的原因。

《舊約‧創世紀》開篇謂「神說要有光，就有了光」，練習寫詩、譯詩將近五十年的我們，只能擺出偽《半世紀》的姿態，藉我們卑微的文字之光，以此譯集向「光之君」，向「影之仙后」們致敬！

2023 年 11 月 台灣花蓮

小野小町

*Ono no
Komachi*

小野小町（40首）

　　小野小町（Ono no Komachi，約 825- 約 900），平安時代前期女歌人。「三十六歌仙」中五位女性作者之一。日本最早敕撰和歌集《古今和歌集》序文中論及的「六歌仙」中的唯一女性。小町為出羽郡司之女，任職後宮女官，貌美多情（據傳是當世最美女子），擅長描寫愛情，現存詩作幾乎均為戀歌，其中詠夢居多。詩風艷麗纖細，感情熾烈真摯。她是傳奇人物，晚年據說情景淒慘，淪為老醜之乞丐。後世有關小町的民間故事甚多。能劇裡有以小野小町為題材的七謠曲（七個劇本）──《草紙洗小町》、《通小町》、《鸚鵡小町》、《關寺小町》、《卒都婆小町》、《雨乞小町》、《清水小町》──合稱「七小町」。二十世紀作家三島由紀夫也作有能樂劇本《卒塔婆小町》。小町活躍於歌壇的時間推測應在仁明天皇朝（833-850）與文德天皇朝（850-858）的年代。《古今和歌集》中選錄其歌作十八首，《後撰和歌集》中收錄四首。各敕撰歌集中選入的小町作品共六十餘首。有私家集《小町集》一冊，編成於平安時代中期，收一百一十多首短歌，其中有一些或為他人之作。構成小野小町傳奇最重要的部分應為其熾熱強烈的情感，她為後來的歌人們留下了視激情、情慾為合法、正當的詩歌遺產，在她之後代代歌人所寫的詩歌中，激情洋溢的女子從不缺席。

001

　　他出現，是不是
　　因為我睡著了，
　　想著他？
　　早知是夢
　　就永遠不要醒來

☆思ひつつ寝ぬればや人の見えつらむ夢と知りせばさめざらましを

omoitsutsu / nureba ya hito no / mietsuran / yume to shiriseba / samezaramashi o

譯者說：此詩被選入編成於 905 年的《古今和歌集》卷十二「戀歌」。日本動畫家新海誠大學時專攻「國文學」（日本文學），頗喜將日本古典文學融入其作品中。他自承，其 2016 年首映、風靡全球的動畫電影《你的名字》（「君の名は。」）出入虛實的情節，靈感即來自平安時代前期小野小町此首著名短歌。

002

當慾望
變得極其強烈，
我反穿
睡衣，在艷黑的
夜裡

☆いとせめて恋しき時はむばたまの夜の衣を返してぞ着る
ito semete / koishiki toki wa / mubatama no / yoru no koromo o /
kaeshite zo kiru

譯者說：「反穿睡衣」係日本習俗，據說能使所愛者在夢中出現。日
文「むばたま」（mubatama，或作「ぬばたま」：nubatama）——寫
成「射干玉」或「烏玉」——指「射干」（鳶尾屬草本植物，又稱夜
干、檜扇、烏扇）果實開裂後露出的黑黑圓圓、帶有光澤的種子。
「むばたまの」（「射干玉の」或「烏玉の」）是置於夜、黑、髮等
詞前的「枕詞」（固定修飾語）。此詩被選入《古今和歌集》。

18

003

我知道在醒來的世界
我們必得如此，
但多殘酷啊──
即便在夢中
我們也須躲避別人的眼光

☆うつつにはさもこそあらめ夢にさへ人目をもると見るがわび
しさ

utsutu niwa / sa mo koso arame / yume ni sae / hitome o moru to /
miru ga wabishisa

譯者說：此詩被選入《古今和歌集》卷十三「戀歌」。

004

對你無限
思念，來會我吧
夜裡，
至少在夢徑上
沒有人阻擋

☆かぎりなき思ひのままに夜も来む夢路をさへに人はとがめじ

kagiri naki / omoi no mama ni / yoru mo kon / yumeji o sae ni / hito wa togameji

譯者說：此詩被選入《古今和歌集》卷十三「戀歌」。

005

雖然我沿著夢徑
不停地走向你，
但那樣的幽會加起來
還不及清醒世界允許的
匆匆一瞥

☆夢路には足もやすめず通へどもうつつにひとめ見しごとはあ
らず

yumeji niwa / ashi mo yasumezu / kayoedomo / utsutsu ni hitome /
mishi goto wa arazu

譯者說：此詩被選入《古今和歌集》卷十三「戀歌」。

006

假寐間，
所戀的人
入我夢來──始知
夢雖飄渺，實我
今唯一可賴

☆仮寝に恋しき人を見てしより夢てふ物は頼みそめてき

utatane ni / koishiki hito o / miteshi yori / yume chō mono wa /
tanomisometeki

譯者說：此詩被選入《古今和歌集》卷十二「戀歌」。

007

> 我非海邊漁村
> 嚮導，何以他們
> 喧喧嚷嚷
> 抱怨我不讓他們
> 一覽我的海岸？

☆海人のすむ里のしるべにあらなくにうらみむとのみ人の言ふ
らむ

ama no sumu / sato no shirube ni / aranaku ni / uramin to nomi / hito
no iuran

譯者說：此詩被選入《古今和歌集》卷十四「戀歌」，詩人對那些欲
一親其芳澤的凡夫俗子們說，她沒有義務讓他們入其私境，窺其心
海。而在下一首短歌裡，她卻因為所愛、所盼的人未至，而恍惚地
質疑自身是否存在於世。

008

答應到訪的人
已然將我忘卻——
此身究曾存在否？
我心困惑
迷亂

☆我が身こそあらぬかとのみ辿らるれとふべき人に忘られしより

wagami koso / aranu ka to nomi / tadorarure / toubeki hito ni /
wasurareshi yori

譯者說：此詩被選入編成於 1205 年的《新古今和歌集》卷十八「雜
歌」。

009

> 這風
> 結露草上
> 一如去年秋天，
> 唯我袖上淚珠
> 是新的

☆吹きむすぶ風は昔の秋ながらありしにも似ぬ袖の露かな
fukimusubu / kaze wa mukashi no / aki nagara / arishi nimo ninu /
sode no tsuyu kana

譯者說：此詩收於《小町集》裡，後被選入《新古今和歌集》卷四
「秋歌」。

010

你在待乳山上
等待誰啊，
女郎花——
和誰約好
秋來時相見？

☆誰をかも待乳の山の女郎花秋と契れる人ぞあるらし
tare o kamo / matsuchi no yama no / ominaeshi / aki to chigireru /
hito zo arurashi

譯者說：此詩被選入《新古今和歌集》卷四「秋歌」。女郎花，多年
生草本植物，秋天時開黃色小花，是日本「秋之七草」之一。待乳
山（待乳の山：まつちのやま，音 matsuchi no yama），位於今奈良
縣五條市與和歌山縣之間；此地名中「待」一字（まつ，音
matsu），讓日文原詩前面十二音節產生了「一魚兩吃」的趣味——
「待乳山」是一固定的專有名詞，但「待」一字若與前面五音節「誰
をかも」結合，意則為「你在等待誰啊」。「待」字如是具有「掛詞」
之雙關作用。

011

生者不斷消失，
死者人數
不斷增添的這
人世——我
要悲歎到何日？

☆あるはなくなきは数添ふ世の中にあはれいづれの日まで嘆か
む

aru wa naku / naki wa kazu sou / yononaka ni / aware izure no / hi
made nagekan

譯者說：此詩被選入《新古今和歌集》卷八「哀傷歌」。

012

悲乎，
想到我終將
如一縷
青煙
飄過遠野

☆あはれなりわが身のはてやあさ緑つひには野辺の霞と思へば

aware nari / wagami no hate ya / asamidori / tsui niwa nobe no /
kasumi to omoeba

譯者說：此詩收於《小町集》裡，後被選入《新古今和歌集》卷八
「哀傷歌」，版本略異。此處為《新古今和歌集》版。

013

何其蠢啊，你
淚垂落袖上
佯裝珠玉──
我淚如急湍
決堤千里流⋯⋯

☆愚かなる涙ぞ袖に玉はなす我は堰あへず激つ瀬なれば
oroka naru / namida zo sode ni / tama wa nasu / ware wa sekiaezu /
tagitsu se nareba

譯者說：此詩收於《古今和歌集》卷十二「戀歌」，為小野小町答安
倍清行所贈短歌之作。安倍清行原作如下──

袖裡不堪
藏珠玉──見不到
伊人，紛紛
墜落的
我的眼淚⋯⋯

☆包めども袖にたまらぬ白玉は人を見ぬ目の涙なりけり（安倍
清行）
tsutsumedomo / sode ni tamaranu / shiratama wa / hito o minume no /
namida narikeri

29

014

你留下的禮物
變成了我的敵人：
沒有它們，
我或可稍忘
片刻

☆形見こそ今はあだなれこれ無くは忘るる時もあらましものを
katami koso / ima wa adanare / kore nakuba wasuuru toki mo /
aramashi mono o

譯者說：此詩收於《小町集》中。《古今和歌集》卷十四「戀歌」裡
亦見此詩，但未有作者名字。

015

他難道不知道
我這海灣
無海草可採——
那漁人一次次走過來
步伐疲憊⋯⋯

☆みるめなきわが身をうらと知らねばやかれなで海士の足たゆく来る

mirume naki / wagami o ura to / shiraneba ya / karenade ama no / ashi tayuku kuru

譯者說：此詩被選入《古今和歌集》卷十三「戀歌」。此首短歌殆為謠曲《通小町》中「小町拒絕男人追求」此類故事之原型。而在下一首短歌，相反地，她卻埋怨她期盼著的男人不來接近她。

016

　　潛水者不會放棄
　　海草滿佈的海灣：
　　你將棄此
　　等候你雙手採擷的
　　浮浪之軀於不顧嗎？

☆みるめあらばうらみむやはと海人問はば浮かびて待たむうた
かたの間も

mirume ara ba / uramin ya wa to / ama iwa ba / ukabite matan /
utakata no mi mo

譯者說：此詩收於私家集《小町集》裡。

017

秋風冷漠地
吹落稻粒——
悲矣，我身
空虛
無所依……

☆秋風に遭う田の実こそ悲しけれ我が身空しくなりぬと思へば
aki kaze ni / au ta no mi koso / kanashikere / waga mi munashiku /
narinu to omoeba

譯者説：日文原詩中「秋」（あき）與「飽き」（厭煩）同音，為「掛
詞」（雙關語）。「田の実」（たのみ，音 tanomi，成熟的稻粒）與「頼
み」（たのみ，信賴）亦為掛詞。此詩被選入《古今和歌集》卷十五
「戀歌」。

018

秋夜之長
空有其名，
我們只不過
相看一眼，
即已天明

☆秋の夜も名のみなりけり逢ふといへば事ぞともなく明けぬる
ものを

aki no yo mo / na nominarikeri / au to ieba / koto zo to mo naku /
akenuru mono o

譯者說：此詩被選入《古今和歌集》卷十三「戀歌」。

019

想為
自己採
忘憂草，
卻發現已然
長在他心中

☆忘草我が身につまんと思ひしは人の心におふるなりけり

wasuregusa / wagami ni tsuman to / omoishi o / hito no kokoro ni /
ourunarikeri

譯者說：此詩收於《小町集》裡，後被選入 1364 年編成的《新拾遺
和歌集》卷十四「戀歌」。

020

見不到你
在這沒有月光的夜，
我醒著渴望你。
我的胸部熱脹著，
我的心在燃燒

☆人に逢はむ月のなきには思ひおきて胸はしり火に心やけをり

hito ni awan / tsuki no naki niwa / omoi okite / mune hashiribi ni /
kokoro yakeori

譯者說：此詩被選入《古今和歌集》卷十九「雜體歌」。

021

　　自從我心
　　置我於
　　你漂浮之舟，
　　無一日不見浪
　　濕濡我衣袖

☆心からうきたる舟にのりそめてひと日も浪にぬれぬ日ぞなき
kokoro kara / ukitaru fune ni / norisomete / hitohi mo nami ni / nurenu
hi zo naki

譯者說：此詩被選入約 951 年編成的《後撰和歌集》卷十一「戀歌」。

022

如果百花
可以在秋野
爭相飄揚其飾帶，
我不也可以公開嬉鬧
無懼責備？

☆もも草の花のひもとく秋の野に思ひたはれん人なとがめそ
momo kusa no / hana no himo toku / aki no no ni / omoitawaren / hito
na togame so

譯者說：此首《古今和歌集》卷四「秋歌」裡未有作者名字的短歌，
亦收於《小町集》裡，判斷為小野小町之作。

023

花色
已然褪去，
在長長的春雨裡，
我也將在悠思中
虛度這一生

☆花の色は移りにけりないたづらに我が身世にふるながめせし
まに

hana no iro wa / utsurinikeri na / itazura ni / waga mi yo ni furu /
nagame seshi mani

譯者說：此詩被選入《古今和歌集》卷二「春歌」，後亦被選入藤原
定家（1162-1241）編的知名選集《小倉百人一首》。

024

生如露珠，轉瞬
即逝……只要
我活著，我要
朝朝暮暮
見你！

☆露の命はかなきものを朝夕に生きたるかぎり逢ひ見てしがな
tsuyu no inochi / hakanaki mono o / asayū ni / ikitaru kagiri / aimite
shigana

譯者說：此詩被選入編成於 1251 年的《續後撰和歌集》卷十九「羈
旅歌」。

025

岩石旁的松樹
定也有其記憶：
看，千年後
如何樹枝都
俯身向大地

☆物をこそいはねの松も思ふらめ千代ふるす゛もかたぶきにけり

mono o koso / iwane no matsu mo / omou rame / chiyo furu sue mo / katabukinikeri

譯者說：此詩收於《小町集》裡。

41

026

此世是真
是夢？
我無從知曉，
真與夢雖在
卻皆非真在

☆世の中は夢かうつつかうつつとも夢ともしらず有りてなければ

yononaka wa / yume ka utsutsu ka / utsutsu to mo / yume to mo shirazu / arite nakere ba

譯者說：此詩收於《小町集》裡。

027

照著山村中
這荒屋，
秋天的月光
在這兒
多少代了？

☆山里に荒れたる宿をてらしつつ幾世へぬらむ秋の月影
yamazato no / aretaru yado o / terashi tsutsu / ikuyo henu ran / aki no
tsukikage

譯者說：此詩被選入 1326 年編成的《續後拾遺和歌集》裡。

028

褪色、變淡而
不被覺察的，
是稱為
「人心之花」的
這世中物

☆色見えでうつろふものは世の中の人の心の花にぞありける

iro miede / utsurou mono wa / yononaka no / hito no kokoro no / hana ni zo arikeru

譯者說：此詩被選入《古今和歌集》卷十五「戀歌」。

029

晚秋小雨落，
我身亦垂垂老矣，
你的話如
落葉
也變了色

☆今はとてわが身時雨にふりぬれば言の葉さへに移ろひにけり
ima wa to te / waga mi shigure ni / furinureba / kotonoha sae ni /
utsuroinikeri

譯者說：此詩被選入《古今和歌集》卷十五「戀歌」裡，後有一首
小野貞樹的答詩——

我思慕的心
如果真是
樹葉——它們
唯隨秋風
亂飄散

☆人を思ふ心の木の葉にあらばこそ風の随に散りも乱れめ（小
野貞樹）
hito o omou / kokoro ko no wa ni / araba koso / kaze no manimani /
chiri mo midareme

030

> 在此岩上
> 我將度過旅夜，
> 冷啊，
> 能否借我
> 你如苔的僧衣？

☆岩のうへに旅寝をすればいと寒し苔の衣を我にかさなむ

iwa no ue ni / tabine o sureba / ito samushi / kokenokoromo o / waga ni kasanan

譯者說：此首短歌寫於石上（今奈良縣天理市）的石上寺，被選入《後撰和歌集》卷十七「雜歌」裡。小町有次訪此寺，日已暮，決定在此過夜，天明再走，聞「六歌仙」之一的僧正遍昭在此，遂寫此帶調侃、挑逗味之詩，探其反應。僧正遍昭也機智地回詠以底下的短歌——

這遁世的
苔之衣只有
一件，不借
未免薄情，兩個人
一起睡好嗎？

☆世をそむく苔の衣はただ一重かさねばうとしいざふたり寝む
（僧正遍昭）
yo o somuku / kokenokoromo wa / tada hitoe / kasaneba utoshi / iza
futari nen

031

開花而
不結果的是
礁石上激起
插在海神髮上的
白浪

☆花咲きて実ならぬものはわたつ海のかざしにさせる沖つ白浪
hana sakite / mi naranu mono wa / wadatsumi no / kazashi ni saseru /
oki no shiranami

譯者說：此詩被選入《後撰和歌集》卷十九「羈旅歌」。這是一首充
滿畫面感，描寫浪花之美的名作，令人想起義大利畫家波提切利筆
下踩在扇貝上踏浪而來的愛神維納斯。

032

像一條船划過
漁人們住的海灣，卻
丟失了槳——看到自己
漫無目的穿越人世的
苦海，真令人悲！

☆海人の住む浦漕ぐ舟のかぢをなみ世を海渡我ぞ悲しき
ama no sumu / ura kogu une no / kaji o umi wataru / ware zo
kanashiki

譯者說：此詩收於《小町集》裡，後被選入《後撰和歌集》卷十五
「雜歌」，有前書「當她因無固定男伴而陷入愁思」。

033

漁人們進出
港口航道，採割
海藻——啊，
我並沒有在那裡
設置「勿來關」！

☆みるめ刈る海人の行きかふ湊路に勿来の関も我は据ゑぬを
mirume karu / ama no yukikau / minatoji ni / nakoso no seki mo /
ware wa suenu o

譯者說：此詩被選入 1235 年編成的《新敕撰和歌集》卷十一「戀
歌」，有前書「被問到可否當面一會」。日文原詩中「みるめ」（海
松布，音 mirume），是海藻的一種，與「見る目」（音 mirume，目
光、目見之意）同音，為雙關語，表示有見面之機會。勿來關（「勿
来の関」，音 nakoso no seki），是日本陸奧地區的歌枕，奧州三關之
一，據說位於今福島縣磐城市勿來町。此詩意思謂，小野小町向進
出航道的漁民們表示她並非無意與他們碰面、約會。

034

你是要我像漣漪
一樣，隨風搖擺，
讓你隨心所欲
在水面上四處展現
你風流之功嗎？

☆ともすれば仇なる風にさざ波の靡くてふごとわれなびけとや
tomosureba / adanaru kaze ni / sazanami no / nabiku chō goto / ware nabike to ya

譯者說：此詩收於《小町集》裡。意旨應是拒絕三心兩意、愛情不專一，到處在水面上玩弄流波的自命「風流」渣男。

035

夜深，聽到
雄鹿戀妻的
鳴叫聲——
而我卻無法表露
我的單相思

☆妻恋ふるさを鹿のねにさ夜更けてわが片恋いを明かしかねぬ
る

tsuma kouru / saoshika no ne ni / sayo fukete / waga katakoi o /
akashi kanenuru

譯者說：此詩收於《小町集》裡，後被選入《新拾遺和歌集》卷
十四「戀歌」。

036

夜蟬在
山村的暮色中
鳴唱——
今晚，除了風
我當別無訪客⋯⋯

☆蜩のなく山里の夕ぐれは風よりほかにとふ人ぞなき
higurashi no / naku yamazato no / yūgure wa / kaze yori hoka ni / tou
hito zo naki

譯者說：此詩收於《小町集》裡。日文原詩中的「蜩」（ひぐらし：
higurashi——又寫成「日暮らし」或「日暮」），中文稱「夜蟬」，
是蟬的一種。本書後面第 180、272、282 三首譯詩中，亦出現這種
蟬。

037

今晨，連我的
牽牛花也
隱藏著容顏，
不想露出它們
睡亂的頭髮……

☆しどけ無き寝くたれ髪を見せじとてはた隠れたる今朝の朝顔
shidoke naki / nuku taregami o / miseji tote / hata kakuretaru / kesa no asagao

譯者說：此詩收於《小町集》裡。日文「朝顏」指牽牛花，也指晨起時容顏，此處有雙關之作用。此詩將牽牛花擬人化，牽牛花的頭髮殆指其葉子。

038

> 我還以為那些
> 白雲聚在遠方的
> 某個山頭——
> 沒想到它們已然
> 立在你我之間

☆よそにこそ峰の白雲と思ひしに二人が中にはや立ちにけり

yoso ni koso / mine no shirakumo to / omoishi ni / futari ga naka ni /
haya tachinikeri

譯者說：此詩收於《小町集》裡，後被選入 1359 年編成的《新千載
和歌集》卷十一「戀歌」，有前書「思念在遠方的乳母」。

039

似乎又到了你像
一匹春天的馬
開始變野，開始嚮往
霧靄升起的原野彼方
離我遠去的時候了

☆霞たつ野をなつかしみ春駒のあれても君が見ゆるころかな

kasumi tatsu / no o natsukashimi / harukoma no / arete mo kimi ga /
miyuru koro kana

譯者說：此詩收於《小町集》裡，後被選入《新千載和歌集》卷
十三「戀歌」。

040

此身寂寞
漂浮，
如斷根的蘆草，
倘有河水誘我，
我當前往

☆わびぬれば身をうき草の根をたえてさそふ水あらばいなむと
ぞ思ふ

wabinureba / mi o ukigusa no / ne o taete / sasou mizu araba / inan to
zo omou

譯者說：此首短歌是小町晚年之作，也是「六歌仙」之一的歌人文
屋康秀赴任三河掾時，邀其同往鄉縣一視，小町乃作此歌答之。此
詩被選入《古今和歌集》卷十八「雜歌」。

伊勢

Ise

伊勢（25 首）

　　伊勢（Ise，約 874-約 938），又稱伊勢御、伊勢御息所，
平安時代前期女歌人，「三十六歌仙」之一。父為曾任伊勢守
的藤原繼蔭。伊勢年輕時出仕於宇多天皇中宮藤原溫子，後
為宇多天皇所幸，成為「更衣」（後宮女官等級之一，次於妃
子），生下一皇子。宇多天皇讓位、出家後，她受寵於宇多天
皇的皇子、敦慶親王，生下一女中務（後亦為「三十六歌仙」
之一）。伊勢據說相貌絕美，且多才，善音樂，是當時最活
躍、最受肯定的女歌人。作品選入《古今和歌集》二十二首、
《後撰和歌集》七十二首、《拾遺和歌集》二十五首，是女歌
人中最多者。總計有一百八十五首歌作被選入各敕撰和歌
集。她歌風細膩洗練，情感熱烈又不失機智、幽默。與小野
小町並稱為平安時代前期女歌人之「雙璧」。她另有私家集
《伊勢集》，收歌作約五百首，此集開頭部分，伴隨三十首左
右的短歌，自傳性極強的物語風、日記風敘述，被獨立出來
稱作《伊勢日記》，是後來《和泉式部日記》等女性日記文學
的先驅。

041

枕頭有耳──
我們移開枕頭交頸
共寢，不染一塵，
何以流言仍如
飛塵揚滿天？

☆知ると言へば枕だにせで寝しものを塵ならぬ名の空に立つらむ

shiru to ieba / makura dani sede / neshi mono o / chiri naranu na no /
sora ni tatsuran

譯者說：此詩被選入《古今和歌集》卷十三「戀歌」。

042

即使在夢中
我不敢與你相會
——朝朝對鏡，
我為愛憔悴的
面影，讓我羞愧⋯⋯

☆夢にだに見ゆとは見えじ朝な朝な我が面影に恥づる身なれば

yume ni dani / miyu to wa mieji / asa na asa na / waga omokage ni /
hazuru mi nareba

譯者說：此詩被選入《古今和歌集》卷十四「戀歌」。

043

　　獨寢、思人的

　　我，把床鋪哭成

　　荒涼的大海，如果

　　我舉袖欲拂拭，

　　袖子將漂浮如海沫……

☆海神と荒れにし床を今更に払はば袖や泡と浮きなむ

watatsumi to / arenishi toko o / ima sara ni / harawabe sode ya / awa
to ukinan

譯者說：此詩被選入《古今和歌集》卷三「春歌」。

044

月亮與我心心
相印，每次
我悲傷難過，
它的淚顏，總
泊於我袖上⋯⋯

☆合ひに合ひて物思ふころのわが袖に宿る月さへ濡るる顔なる
ai ni aite / mono omou koro no / waga sode ni / yadoru tsuki sae /
nururu kao naru

譯者說：此詩被選入《古今和歌集》卷三「春歌」。

045

水上的浮舟
如若是君──
「來我處
停泊吧！」是
我想說之話

☆水の上に浮べる舟の君ならばここぞ泊りと言はまし物を

mizu no ue ni / ukaberu fune no / kimi naraba / koko zo tomari to /
iwamashi mono o

譯者說：此詩被選入《古今和歌集》卷十七「雜歌」，有前言謂「敦
慶親王家池中，新造之舟入水日舉行遊宴，宇多天皇親臨觀覽，傍
晚天皇回宮時，我作此歌獻給他。」詠此歌時，伊勢是宇多天皇的
「更衣」，她為天皇所幸，生一皇子。後來宇多天皇出家，伊勢離
宮，受寵於敦慶親王，生女兒中務。此詩中，她把天皇比作「水上
浮舟」，把自己比作水池，說己身即是天皇的歸宿。

046

魚肉鬆般平庸的此等
漁人有豐收之望嗎？
難矣──伊勢海岸
海藻生長的地方
浪高波急……

☆おぼろけの海人やはかづく伊勢の海の浪高き浦に生ふる見るめは
oboroke no / ama ya wa kazuku / isenoumi no / nami takaki ura ni /
ōru mirume wa

譯者說：此詩被選入《後撰和歌集》卷十三「戀歌」裡，編撰者以
之回應在本詩之前，同樣寫到「伊勢の海」的在原業平一首短歌。
在原業平於 880 年去世。女歌人伊勢應該未及有機會與他見面或有
所糾葛。但「伊勢」出於女歌人伊勢筆下，既可指海，又可指人，
甚為巧妙。底下是在原業平之作──

在伊勢海上
我願做一名浪蕩的
漁人，沉浮於
眾浪間，一邊採
海藻，一邊偷看你

☆伊勢の海に遊海人ともなりにしか浪かきわけて見るめかづか
む（在原業平）
isenoumi ni / asobu ama to mo / narinishika / nami kakiwakete / miru
me kazukan

047

我豈是奔流
不停的愛的河流上的
水泡——因為
見不到你
而消沒？

☆思ひ川絶えず流るる水の泡のうたかた人に逢はで消えめや
omoigawa / taezu nagareruru / mizunoawa no / utakata hito ni / awade
kieme ya

譯者說：此首被選入《後撰和歌集》卷九「戀歌」裡的短歌是伊勢
的名作，有次有位她的舊識想再與她相會，不知她的去處，寫信給
她說幾天來他焦急地打聽她的消息，深怕她已經不在人世。伊勢乃
寫此詩回應。從中我們或可稍稍體會到美貌又有才的伊勢，對追求
她的眾多男子的冷淡態度。詩中「思ひ川」（思念的河流、愛的河流）
一詞是伊勢首創，後來成為大家襲用的「歌枕」（和歌之修辭套語或
歌詠過的名勝、古蹟）。

048

我們要相會

也許極難：

「我對你難以忘懷！」

——連能傳

此話的人也找不到

☆さもこそは逢ひ見むことのかたからめ忘れずとだに言ふ人の
なき

samo koso wa / aimin koto no / katakarame / wasurezu to dani / iu
hito no naki

譯者說：此詩被選入約 1007 年編成的《拾遺和歌集》卷十五「戀
歌」。上面第 47 首短歌裡高傲的女詩人，因為所思戀的人，一下子
情況大不同——在這首詩裡變成了「小女人」。

049

你是說此世我們得
如此虛度而過，
連像難波灣蘆葦的節
那般短的見面時間
也不能有嗎？

☆難波潟短かき蘆の節の間も逢はでこの世を過ぐしてよとや
naniwagata / mijikaki ashi no / fushi no ma mo / awade kono yo o /
sugushiteyo to ya

譯者說：此詩被選入《新古今和歌集》卷十一「戀歌」，後亦被選入
知名選集《小倉百人一首》中。難波灣（「難波潟」），指今大阪灣。

050

我荒涼的
家鄉──啊
但願有人
來這兒和我共看
秋原上的野花！

☆故里の荒れ果てにたる秋の野に花見がてらに来る人もがな
furusato no / arehate ni taru / aki no no ni / hanamigatera ni / kuru hito mogana

譯者說：此首收於《伊勢集》裡的短歌，讓人想起十九世紀英國詩人菲茨傑拉德（Edward Fitzgerald）英譯的波斯詩人奧瑪・開儼（Omar Khayyam，1048-1131）《魯拜集》（*Rubaiyart of Omar Khayyam*）裡的這首四行詩──「一卷詩，一壺酒，一塊麵包，／在樹下──還有你／伴著我在荒野歌唱──／啊，荒野就是天堂！」有愛人相伴，家鄉再怎麼荒涼，野花當前，荒野就是天堂！

051

垂懸於

綠色柳枝上的

春雨

彷彿一串

珍珠……

☆青柳の枝にかかれる春雨は糸もてぬける玉かとぞ見る

aoyagi no / eda ni kakareru / harusame wa / ito motenukeru / tama ka

to zo miru

譯者說：此首被選入《新敕撰和歌集》裡的短歌，非常晶瑩、可愛，
難怪網路上不識漢字、日本字的許多「外國」讀者紛紛轉貼。

052

春雨
在水面織出
斜紋緞，
再染之以
山的綠

☆水の面に綾織りみだる春雨や山の緑をなべて染むらむ

mizunoomo ni / ayaori midaru / harusame ya / yama no midori o /

nabete somuran

譯者說：此詩被選入《新古今和歌集》卷一「春歌」。

053

山櫻凋謝
散落雪中——
我想問春天：
何者為櫻花，
何者為雪花？

☆山桜散りてみ雪にまがひなばいづれか花と春に問はなむ

yamazakura / chirite miyuki ni / magahinaba / izure ka hana to / haru ni towanan

譯者說：此詩被選入《新古今和歌集》卷二「春歌」。

054

無論山風
吹襲或靜止，
白浪拍擊的
岩壁
恆久挺立

☆山風は吹けど吹かねど白浪の寄する岩根は久しかりけり

yamakaze wa / fukedo fukanedo / shiranami no / yosuru iwane wa /
hisashikarikeri

譯者說：此詩被選入《新古今和歌集》卷七「賀歌」。

055

　　我的愛戀
　　像波濤洶湧、
　　多岩石的海濱，
　　疾風呼嘯
　　狂浪拍岸

☆わが恋ひは荒磯の海の風をいたみしきりに寄する波の間もなし

waga koi wa / ariso no umi no / kaze o itami / shikiri ni yosuru / nami no ma mo nashi

譯者說：此詩被選入《新古今和歌集》卷十一「戀歌」。

056

即便在夢中
也不敢對別人說——
枕頭最知共枕事
所以，我只願
以你的手為枕

☆夢とても人に語るな知ると云えば手枕ならぬ枕だにせず

yume totemo / hito ni kataru na / shiru to ieba / tamakura naranu /
makura dani sezu

譯者說：此詩被選入《新古今和歌集》卷十三「戀歌」，有題「與須
隱身避人耳目者同眠」。

057

快天明了
門還不開，
今夜無法相會了，
我現在得回家，但
我的心甘願走嗎？

☆逢ふことのあけぬ夜ながら明けぬれば我こそ帰れ心やは行く
au koto no / akenu yo nagara / akenureba / ware koso kaere / kokoro
ya wa yuku

譯者說：此詩被選入《新古今和歌集》卷十三「戀歌」。此詩「說話
者」為一男子，他晚上出來想跟情人幽會，卻吃了閉門羹，不得其
門而入，怏怏而歸。日文詩中「明け」（あけ：ake）意為「天明」，
又與「開け」（あけ，打開）同音，是「掛詞」（雙關語）。

058

　　言語之葉
　　一旦變色、枯萎
　　會令人傷悲——
　　晚秋小雨，看來
　　越下越大了……

☆言の葉のうつろふだにもあるものをいとど時雨の降りまさる
らむ

kotonoha no / utsurou dani mo / aru mono o / itodo shigure no /
furimasaruran

譯者說：此詩被選入《新古今和歌集》卷十四「戀歌」。日語「言の
葉」（音 kotonoha：即「言葉」，音 kotoba），言語、話語之意。

059

春夜夢裡
他再次出現在
我面前——
如今我知我再次等候著
那被我遺棄的人

☆春の夜の夢にありつと見えつれば思ひ絶えにし人ぞ待たるる

harunoyoru no / yume ni aritsu to / mietsureba / omoitaenishi / hito zo
mataruru

譯者說：此詩被選入《新古今和歌集》卷十五「戀歌」。

060

可還記得
美濃山上那株
松樹——
你許下諾言
我永生難忘

☆思ひいづや美濃のを山のひとつ松契りしことはいつも忘れず
omoiizu ya / mino no oyama no / hitotsu matsu / chigirishi koto wa /
itsumo wasurezu

譯者說：此詩被選入《新古今和歌集》卷十五「戀歌」。美濃，山
名，位於岐阜縣，現名南宮山。日語「松」（まつ：matsu）與「等待」
（まつ：matsu）同音，是雙關語。

061

春霞繚繞，
雁子卻捨我們
而去──它們只
習慣住無花之里
所以北歸嗎？

☆春霞立つを見捨ててゆく雁は花なき里に住みやならへる

harugasumi / tatsu o misutete / yuku kari wa / hana naki sato ni / sumi
ya naraeru

譯者說：此詩被選入《古今和歌集》卷一「春歌」，有題「詠歸雁」。

062

年年春天，我分不清
水邊梅花與
水中花影——欲折
水中梅，又一次
浸濕了衣袖

☆春ごとにながるる川を花と見て折られぬ水に袖やぬれなむ
haru goto ni / nagaruru kawa o / hana to mite / orarenu mizu ni / sode
ya nurenan

譯者說：此詩被選入《古今和歌集》卷一「春歌」，有題「詠水邊梅開」。

063

春日加長的
今年的櫻花啊，
但願此番你能飽足
人們戀花之心，
不要急著謝落

☆桜花春加はれる年だにも人の心にあかれやはせぬ

sakurabana / haru kuwawareru / toshi dani mo / hito no kokoro ni /
aka reya wa senu

譯者說：此詩被選入《古今和歌集》卷一「春歌」，有題「為今年三
月閏月而詠」。

064

　　到了五月
　　布穀鳥的歌聲
　　將不復稀奇，
　　我願早日
　　聽它新鮮鳴

☆五月来ば鳴きもふりなむ郭公まだしきほどの声を聞かばや

satsuki koba / naki mo furinan / hototogisu / madashiki hodo no / koe
o kikabaya

譯者說：此詩被選入《古今和歌集》卷三「夏歌」。

065

我身猶如眼前
冬日原野——
期待野火燒
枯草，燒出
來春新芽

☆冬枯れの野辺と我が身を思ひせばもえても春を待たましもの
を

fuyugare no / nobe to waga mi o / omoiseba / moete mo haru o /
matamashi mono o

譯者說：此詩被選入《古今和歌集》卷十五「戀歌」，有題「憂思之
際，見道旁野火燒燃有感而詠」。日文原詩中「もえ」（音 moe）是
掛詞，兼有「燃え」（燃燒）與「萌え」（萌芽）之意。春（はる，
音 haru）與「張る」（はる，伸展）也是雙關語。播種前會先燒田——
焚燒田地裡的雜草和莊稼的殘剩部分用作肥料。

赤染衛門

*Akazome
Emon*

赤染衛門（20首）

　　赤染衛門（Akazome Emon，約 956-1041），平安時代中期女歌人，「中古三十六歌仙」、「女房三十六歌仙」之一。父（養父）赤染時用曾任右衛門志、右衛門尉，因此被稱為赤染衛門。母親為再婚，生父實為平兼盛。赤染衛門先後仕於藤原道長之妻倫子，以及其女——一條天皇中宮彰子（亦稱上東門院）。976 年左右，嫁給馳名遠近的學者、文人大江匡衡為妻，生有一子舉周，一女江侍從（亦為歌人）。赤染衛門是少見的「賢妻良母」型女歌人，賢淑敏捷，相夫教子有成——為丈夫公務出主意，於雪天奔求后妃為兒子謀官職，為病重的兒子捨身求神護佑。也善於社交，與著名才女清少納言、紫式部、和泉式部等皆有往來。紫式部在《紫式部日記》中稱赤染衛門也許不算天賦過人，但歌風優雅高貴，所寫短歌——即便是即興、應景之作，技藝十分嫻熟，每令她愧嘆。其歌作常與和泉式部並稱，和泉式部歌風熱情，她則穩健、典雅。有私家集《赤染衛門集》，歌作入選《拾遺和歌集》一首，《後拾遺和歌集》三十二首。二十一代敕撰和歌集裡共選入九十七首（《金葉和歌集》三奏本除外）。被認為是編年體歷史故事《榮花物語》正編的著者。

066

早知道
就斷然入寢
不苦苦候君
至夜深
空見月亮西斜……

☆やすらはで寝なましものを小夜更けてかたぶくまでの月を見しかな

yasurawade / nenamashi mono o / sayofukete / katabuku made no /
tsuki o mishi kana

譯者說：此首被選入 1086 年編成的《後拾遺和歌集》卷十二「戀歌」，後又被選入《小倉百人一首》。中關白（藤原道隆）仍為少將時，與赤染衛門同母異父妹約好晚上前來幽會，然而爽約，赤染衛門乃代其妹作此短歌。藤原道隆為女歌人儀同三司母（高階貴子）的丈夫。

067

当我看到
秋天野地裡的花，
我的心——該怎麼
說呢——是全然
滿足，或已被迷走？

☆秋の野の花見るほどのこころをばゆくとやいはむとまるとや
いはん

aki no no no / hana miru hodo no / kokoro oba / yuku to ya iwan /
tomaru to ya iwan

譯者說：此詩被選入約 1151 年編成的《詞花和歌集》。

068

　　不要轉向——
　　暫且把目光留駐在
　　信太森林上，那
　　輕快翻動著葛葉的風
　　也許還會吹回來……

☆うつろはでしばし信太だの森を見よかへりもぞする葛のうら
風

utsurowade / shibashi shonoda no / mori o miyo / kaeri mo zo suru /
kuzu no urakaze

譯者說：此詩被收於《新古今和歌集》卷十八「雜歌」。在和泉式部
被丈夫橘道貞離棄後，赤染衛門聽說敦道親王即刻密訪和泉式部示
愛，乃寫此短歌給和泉式部，以力顯傳統保守、穩定價值的「賢妻
良母」代言人身分，勸和泉式部不要輕舉妄動，靜候丈夫回心轉
意。信太森林，在今大阪府和泉市，葛葉稻荷神社所在的森林，是
和泉國古來知名歌枕，暗指任和泉守的橘道貞。對於其上東門院保
守／務實主義同僚的好心建議，善感多情的和泉式部回以緊接於此
詩之後也出現於《新古今和歌集》裡的一首答歌（見本書第 246 首
譯詩），認為前夫對其已心冷、心死，她接受敦道親王的愛似無不
可。

069

雖然誠乏儒者之智
或乳汁──
何妨以平和心
尊重此大和之材
留她為奶媽吧！

☆さもあらばあれ大和心し賢くばほそぢに付けてあらす計ぞ

samo araba are / yamatogokoro shi / kashikoku wa / hosoji ni tsukete / arasu bakari zo

譯者說：《後拾遺和歌集》卷二十「誹諧歌」裡收有赤染衛門與夫婿大江匡衡一組甚有趣的對話短歌。他們家新請了一位奶媽，但身上能擠出的奶卻稀薄得可憐，一家之主大江匡衡博士，如是寫了下面這一首評定奶媽哺乳成績不及格的短歌。大江匡衡此詩有一個雙關、關鍵字──日文「ち」兼有「智」（音 chi，智慧）與「乳」（音 chi，乳汁）之意。有別以漢學造詣聞名遐邇、難棄儒者吹毛求疵身段的夫婿，身為「大和」家庭主婦的赤染衛門似乎比較寬宏大量，願意將心／胸比心／胸，寫了上面這首以平和為上，建議包容、收容小罩杯奶媽的短歌回覆其夫。大江匡衡詩附譯如下──

真不靠譜啊——
沒奶沒才，居然以為
擠個兩三下，就可
躋身為
博士家的奶媽！

☆儚くも思ひけるかなちもなくて博士の家の乳母せむとは（大
江匡衡）

hakanaku mo / omoikeru kana / chi mo nakute / hakase no ie no /
menoto sen to wa

070

我們家松樹沒標誌
不標緻──
換做是
別有其香的杉林
就會讓你流連了

☆我宿は松にしるしも無かりけり杉むらならば尋ねきなまし
wagayado wa / matsu ni shirushi mo / nakarikeri / sugimura naraba /
tazunekinamashi

譯者説：此詩被選入 1127 年編成的《金葉和歌集》（三奏本）卷八
「戀歌」。終其一生，「賢妻良母」赤染衛門之賢與智，不僅「相夫
教子」而已，還馭夫有術。有一回，大江匡衡迷戀上稻荷神社僧侶
禰宜的女兒，多日不歸，赤染衛門寫了上面這首短歌讓人送到神
社，以「家松」和「野杉」（神社常以杉為神木，周圍多古杉）比家
中黃臉婆與外頭的標緻女，大江匡衡讀了嚇得半死，回了底下這首
短歌即刻奔回，確保居家心安心鬆──

我不知你在家
等候，山路
徘徊彷徨，
我迷途
忘返了……

☆人をまつ山路分かれず見えしかば思まどふに踏みすぎにけり
（大江匡衡）
hito o matsu / yamaji wakarezu / mieshikaba / omoimadou ni /
fumisuginikeri

071

去春的
落花
今又枝上新綻——
真希望死別的我們
也能如是再逢……

☆こぞの春ちりにし花は咲きにけりあはれ別れのかからましか
ば

kozo no haru / chiri ni shi hana wa / sakinikeri / aware wakare no /

kakaramashikaba

譯者說：此首短歌寫於赤染衛門夫婿大江匡衡死後的第二年春天。
言簡意悲情深，底下第72首譯詩也是。

072

君在時
我們盼春來──
而今梅、櫻
燦放，
有誰共看？

☆君とこそ春来ることも待たれしか梅も桜もたれとかは見む
kimi to koso / haru kuru koto mo / mata reshika / ume mo sakura mo /
tare toka wa min

073

五月梅雨連綿，
難得天清雨止
月明朗——
月光下，我的
淚雨卻下不停……

☆五月雨の空だにすめる月影に涙の雨ははるるまもなし
samidare no / sora dani sumeru / tsukikage ni / namida no ame wa /
waruru ma mo nashi

譯者説：此詩被選入《新古今和歌集》卷十六「雜歌」，有前書「五
月梅雨季，雨過天青月明」，亦為思念亡夫之作。日文「五月雨」指
陰曆五月梅雨般的淫雨。

074

他在世時
有他為伴，旅行
不太覺旅行之勞——
如今，獨自在外以
草為枕，淚濕如露

☆ありし世の旅は旅ともあらざりきひとり露けき草枕かな

arishi yo no / tabi wa tabi tomo / arazariki / hitori tsuyukeki /
kusamakura kana

譯者說：此詩被選入《新古今和歌集》卷十「羈旅歌」，有前書「與
可信賴的人永別後，獨自參詣初瀨長谷寺，找到可過夜處，結草為
枕」。此「可信賴的人」指的即其亡夫大江匡衡。日語「草枕」意謂
露宿。

075

我心知我們必須
暫時謹慎，不
引人注目——但
今晨鷸鳥的振翅聲
多讓人難受啊

☆心から暫しと包むものからに鴫の羽掻きつらき今朝かな

kokoro kara / shibashi to tsutsumu / mono kara ni / shigi no hanegaki
/ tsuraki kesa kana

譯者說：此詩被選入《新古今和歌集》卷十三「戀歌」。此首戀歌寫
男女為避人耳目，不能常相見。但晨起聽到鷸鳥的振翅聲，令詩中
的說話者難過，因為每一次鷸鳥的振翅都彷彿在計數兩人間有多少
夜沒幽會了。

076

何以自上次我們在
夢中相會後，我即想
入睡以便能見到你——
卻只是斷斷續續打盹
難成眠，令我悲……

☆いかに寝て見えしなるらむうたたねの夢よりのちはものをこ
そ思へ

ika nii nete / mieshi naruran / utatane no / yume yori nochi wa / mono
o koso omoe

譯者說：此詩被選入《新古今和歌集》卷十五「戀歌」。

077

真可嘆啊，
樵夫大可在山中
砍柴、消愁，過其
一生──何以要回到
無常、苦惱的塵世？

☆嘆き樵る身は山ながら過ぐせかし憂き世の中になに帰るらむ
nageki koru / mi wa yamanagara / suaguse kasha / uki yo no naka ni /
nani kaeruran

譯者說：此詩被選入《新古今和歌集》卷十七「雜歌」，有前書「從
京城去外地的路上，見到許多樵夫」。此詩開頭「嘆き」（音
nageki，意為悲嘆、哀愁）一詞中的き（ki）與「木」（音亦為 ki，
樹木之意）形成「掛詞」（雙關語）。

078

大喜中，我彷彿
看見衣袖飄飄
起落，拂開園中
深草——淚的
露珠不停溢出……

☆草わけて立ちゐる袖のうれしさに絶へず涙の露ぞこぼるる
kusa wakete / tachiiru sode no / ureshisa ni / taezu namida no / tsuyu
zo koboruru

譯者說：此詩被選入《新古今和歌集》卷十八「雜歌」，有前書「見
大江舉周初次獲准上殿，下到庭園深草處行感恩舞」。上殿，意謂
成為朝廷官員。大江舉周，即赤染衛門與大江匡衡之子。

079

你不問問看
宮城野上的
小萩樹，
被狂風吹得
怎麼樣嗎？

☆あらく吹く風はいかにと宮城野の小萩がうへを人の問へかし
araku fuku / kaze wa ika ni to / miyagino no / kohagi ga ue o / hito no
toe kashi

譯者說：此詩被選入《新古今和歌集》卷十八「雜歌」，有前書「颱
風過後的早晨，寄給對孩子安危不聞不問的某人」。此處「某人」殆
指其夫大江匡衡，「孩子」則指他們的兒子。詩中的「小萩」（即小
胡枝子）是「孩子」的隱喻。

080

夢是夢
現實也是夢——
分不清哉！我
什麼時候才能
從夢境醒來？

☆夢や夢うつつや夢と分かぬ哉いかなる世にか覚めむとすらむ
yume ya yume / utsutsu ya yume to / wakanu kana / ikanaru yo ni ka /
samen to suran

譯者說：此詩被選入《新古今和歌集》卷二十「釋教歌」，有前書
「詠《維摩經》十喻中『此身如夢』之喻」。

081

　　只聽到菊這個字
　　就把你的心吸了過去
　　趕著想去一睹花色
　　──啊，賞花急急
　　何以返家遲遲？

☆菊にだに心はうつる花の色を見に行く人はかへりしもせじ
kiku ni dani / kokoro wa utsuru / hana no iro o / mi ni yuku hito wa /
kaeri shi mo seji

譯者說：此詩被選入《後拾遺和歌集》卷五「秋歌」，有前書「某人
聽說某處菊花特別漂亮，遲遲歸來」。「某人」當又指其夫大江匡衡。

082

> 他去
> 你留，我好奇
> 你心做何想——
> 兩人分別後，又
> 再次分別，分手

☆行く人もとまるもいかに思ふらむ別れて後のまたの別れを
iku hito mo / tomaru mo ikani / omouran / wakarete nochi no / mata
no wakare o

譯者說：此詩被選入《後拾遺和歌集》卷八「別歌」，有前書「橘道
貞往陸奧國赴任時，將和泉式部淡忘了。我作此歌寄和泉式部」。
橘道貞為和泉式部第一任丈夫，999 年出任和泉守，把和泉式部留
在平安京，和其他女子同居。1004 年出任陸奧守後，又與一位名字
不詳的「左京命婦」在一起。

083

思念住慣了的家鄉
所流的淚，
比我滿懷悲傷
行經過的道路上的
露水還多⋯⋯

☆嘆こし道の露にもまさりけりなれにし里を恋ふる涙は
nagekikoshi / michi no tsuyu nimo / masarikeri / narenishi sato o /
kouru namida wa

譯者說：此詩被選入《後拾遺和歌集》卷十七「雜歌」，所詠乃漢朝
王昭君出塞遠嫁匈奴首領的心情。

084

在與謝郡眺望
大海，啊心曠神怡，
不知有憂──
但願天橋立
成為我們的首都！

☆思ふことなくてや見まし与謝の海の天の橋立都なりせば

omou koto / nakute ya mimashi / yosa no umi no / amanohashidate /
miyako nariseba

譯者說：此詩被選入 1188 年編成的《千載和歌集》卷八「羈旅歌」，
有題「在丹後國時所作」。天橋立（「天の橋立」，音
amanohashidate），地名，為丹後國（今京都府北部兵庫縣的一部分）
「与謝」（よさ：音 yosa）郡（今京都府宮津市）名勝，日本三景之
一。此詩可能是赤染衛門隨晚年為丹後國國守的丈夫大江匡衡一同
赴任後之作。詩中「与謝の海」（與謝之海）是天橋立所在之海，即
今日的阿蘇海與宮津灣──天橋是兩者之間的一個沙洲地形。

085

好吧，就這樣！
讓我們就住在
鳴海海濱吧，
離末松山
遠遠遠遠地⋯⋯

☆いざさらば鳴海の浦に家居せむいと遥かなる末の松とも

iza saraba / narumi no ura ni / ieisen / ito harukanaru / sue no matsu
tomo

譯者說：此詩收於《赤染衛門集》。鳴海海濱（「鳴海の浦」：鳴海浦），現今名古屋市綠區鳴海町西邊海濱之古稱，是有名的「歌枕」（和歌中常詠的名勝、古蹟）。992 年，赤染衛門丈夫大江匡衡出任尾張國（相當於今愛知縣西部，名古屋即在其轄內）權守（臨時任命之主官）；1001 年，再次到尾張國，出任國守（正式主官）。此詩應是她隨丈夫赴任時之作。日文詩中的「末の松」即日本陸奧地區的「末の松山」（末松山，位於今宮城縣多賀城市之小丘陵）。赤染衛門此詩甚微妙，以《古今和歌集》卷二十無名氏所作的陸奧地區底下這首民歌為典故——「我對君一心，／若違此誓／生二意——／波濤翻越／末松山！」（君をおきてあだし心を我がもたば末の松山浪も越えなむ）。赤染衛門此詩謂，她和丈夫可日日享受鳴海海濱洶湧波濤之美，但不必怕兩人有誰會變心，因為鳴海浦離末松山非常、非常遠，波濤不會翻越末松山而來，她（或他）不會生二心！

110

紫式部

Murasaki
Shikibu

紫式部（85 首）

紫式部（Murasaki Shikibu，約 970-1014），平安時代中期女性文學家，世界最早的長篇小說《源氏物語》的作者。父藤原為時曾任式部丞和式部大丞，式部之名由此而來。1001 年喪夫寡居，開始創作《源氏物語》，1006 年左右，出仕一條天皇中宮彰子。她也擅長於和歌的創作，被譽為日本文學巔峰的《源氏物語》是世界第一部長篇小說，其中有七百九十五首短歌，私家集《紫式部集》收短歌一百二十餘首。她有六十餘首作品被收入各敕撰和歌集中，是「中古三十六歌仙」、「女房三十六歌仙」之一。另著有《紫式部日記》。此處所譯第 88 首短歌明白彰顯日本文學之「物哀」傳統，見山櫻花燦放，說「願其永如是」，恰是憂美好事物之無法長存。《古今和歌集》漢文序談到詠歌之必要時，說：「人之在世，不能無為，思慮易遷，哀樂相變。感生於志，詠形於言。是以逸者其聲樂，怨者其吟悲。可以述懷，可以發憤。……若夫春鶯之囀花中，秋蟬之吟樹上，雖無曲折，各發歌謠。物皆有之，自然之理也。」這些說法和中國古代詩學——譬如鍾嶸《詩品》序中所說「若乃春風春鳥，秋月秋蟬，夏雲暑雨，冬月祁寒，斯四候之感諸詩者也」——相通。詩人覺秋蟲鳴聲漸弱卻難以歇止（本書第 89 首譯詩），聞夏蟲為孤寂之日哀哀鳴哭（第 157 首譯詩），皆「四候之感諸詩者也」。1964 年，聯合國教科文組織評選紫式部為「世界五大偉人」之一（其餘四位是莎士比亞、但丁、屈原、拿破崙）。

086

有人走過，
我還在想是否
是他，
他已如夜半的月
隱於雲中

☆めぐり逢ひて見しやそれともわかぬまに雲がくれにし夜半の
月影

meguriaite / mishi ya sore tomo / wakanu ma ni / kumogakurenishi /
yowa no tsukikage

譯者說：此詩收於《紫式部集》，後被選入《新古今和歌集》卷十六
「雜歌」，以及知名選集《小倉百人一首》。

087

美哉吉野，
籠罩於早春
霧靄中，
厚厚的草叢
還壓在雪下

☆み吉野は春のけしきにかすめども結ぼほれたる雪の下草

miyoshino wa / haru no keshiki ni / kasumedomo / musubo horetaru /
yuki no shitakusa

譯者說：此詩收於《紫式部集》，後被選入《後拾遺和歌集》卷一
「春歌」。

088

處身世界中，
何憂之有？
山櫻花在我
眼前燦放，
願其永如是……

☆世の中をなになげかまし山ざくら花見るほどの心なりせば

yononaka o / nani nagekamashi / yamazakura hana / miru hodo no /
kokoro nari seba

譯者說：此詩被選入《後拾遺和歌集》卷一「春歌」。

089

鳴聲漸弱，
籬笆上的蟲
卻難以歇止：
是否也感受
秋天的離愁？

☆鳴き弱る籬の虫もとめがたき秋の別れや悲しかるらむ

nakiyowaru / magaki no mushi mo / tomegataki / aki no wakare ya /
kanashikaruran

譯者說：此詩收於《紫式部集》，後被選入《千載和歌集》卷七「離
別歌」。

090

> 我不把我身
> 交付給這顆
> 微不足道的心──
> 相反的，是我心
> 聽從我身

☆数ならぬ心に身をばまかせねど身にしたがふは心なりけり

kazunaranu / kokoro ni mi / oba makasenedo / mi ni shitagau wa / kokoro narikeri

譯者說：此詩收於《紫式部集》，後被選入《千載和歌集》卷十七「雜歌」。

091

明月向西行，
我怎能不
以月為信，
向你談談我的近況
或路過的雲？

☆西へ行く月の便りにたまづさのかき絶えめやは雲のかよひぢ

nishi e yuku / tsuki no tayori ni / tamazusa no / kakitaeme ya wa /
kumo no kayoiji

譯者說：此詩收於《紫式部集》。

092

就讓滴滴露珠
把站著的我們
弄濕吧，當我們在
片岡山森林
等待杜鵑鳥鳴

☆時鳥声待つほどは片岡の森の雫に立ちや濡れまし
hototogisu / koe matsu hodo wa / kataoka no / mori no shizuku ni /
tachi ya nuremashi

譯者說：此詩收於《紫式部集》，後被選入《新古今和歌集》卷三
「夏歌」，有前書「参詣賀茂神社時，同行友人說但願黎明時『能聽
到杜鵑鳥歌唱』」。片岡為位於京都加茂的一座山丘。日文「時鳥」
（hototogisu）即杜鵑鳥、布穀鳥。

093

噢杜鵑鳥，
你現在誰家
訪問啊，
我的心等得
快枯竭了……

☆誰が里もとひもや来るとほととぎす心の限り待ちぞわびにし
taga sato mo / toi mo ya kuru to / hototogisu / kokoro no kagiri /
machi zo wabinishi

譯者說：此詩收於《紫式部集》，後被選入《新古今和歌集》卷三
「夏歌」。

094

> 我想和你見面，我
> 心中如此想：不知
> 你住的松浦那地方的
> 鏡神，在天上
> 看到了我的心思嗎？

☆あひ見むと思ふ心は松浦なる鏡の神や空に見るらむ

aimimu to / omou kokoro wa / matsura naru / kagami no kami ya / sora ni miruran

譯者說：此詩收於《紫式部集》，是紫式部寫給住在筑紫肥前的女性友人之詩。

095

在眾神的年代
也有像今日這樣
折下一枝山櫻
插在頭上
當你的髮飾嗎？

☆神代にはありもやしけむ山桜今日のかざしに折れるためしは
kamiyo niwa / ari mo ya shiken / yamazakura / kyō no kazashi ni /
oreru tameshi wa

譯者說：此詩收於《紫式部集》。

096

你看看被淚
所染的我袖子的
顏色：
彷彿深山裡
濕潮的紅葉

☆露深く奥山里のもみぢ葉にかよへる袖の色を見せばや

tsuyu fukaku / okuyamazato no / momijiba ni / kayoeru sode no / iro
o misebaya

譯者說：此詩收於《紫式部集》，後被選入《新古今和歌集》卷十六
「雜歌」。

097

黎明時分
天空霧濛濛的，
不知不覺間
人間已變成秋天——
就像你厭倦了我

☆しののめの空霧わたり何時しかと秋の景色に世はなりにけり
shinonome no / sora kiriwatari / itsushika to / aki no keshiki ni / yo
wa narinikeri

譯者說：此詩收於《紫式部集》，後被選為 1312 年編成的《玉葉和
歌集》卷四「秋歌」頭一首。《紫式部集》中，其夫藤原信孝抱怨無
法在夢中見到她，此歌乃是紫式部對此之回應。日語「秋」（あき：
aki）與「厭煩」（飽き：aki）同音，是雙關語。

098

迄今未曾
被攀摘，
說我好色，此
酸話
太令人驚！

☆人にまだ折られぬものを誰かこのすきものぞとは口ならしけ
む

hito ni mada / orarenu mono o / tare ka kono / sukimono zo to wa /
kuchinarashiken

譯者說：此詩收於《紫式部日記》。此日記以一條天皇的中宮彰子回
娘家土御門邸待產開篇。土御門邸是左大臣藤原道長的邸宅，彰子
是其長女。此詩出自日記第 55 篇，中宮御前有一套《源氏物語》，
被道長大人看見，照例說了些打趣的話，且在梅樹下鋪紙寫了底下
附的短歌，紫式部看了，立刻回以此處這首詩。日文原詩中「すき」
（suki）既指梅子的酸（酸き），也指好色（好き），發音相同，是雙
關語。兩人這組贈答歌頗機智、有趣——

好色酸梅
令人垂涎──
誰能不
吃醋，爭
摘嚐你為快？

☆すきものと名にし立てれば見る人の折らで過ぐるはあらじと
ぞ思ふ（藤原道長）

sukimono to / na ni shi tatereba / miru hito no / orade suguru wa /
araji to zo omou

099

　　女郎花的顏色，
　　我現在看到，正是
　　最美最盛時——我深知
　　露珠知其與我
　　美醜有別⋯⋯

☆女郎花盛りの色を見るからに露のわきける身こそ知らるれ
ominaeshi / sakari no iro o / miru kara ni / tsuyu no wakikeru / mi
koso shirarure

譯者說：此詩收於《紫式部日記》第 3 篇，亦為日記中出現的十八
首和歌中的第一首，後被選入《新古今和歌集》卷十六「雜歌」。女
郎花於秋季開黃色小花。

100

> 試將衣袖
> 沾菊露，讓青春
> 暫駐我容顏——
> 更願菊花主人
> 千年萬年永不老

☆菊の露わかゆばかりに袖ふれて花のあるじに千代はゆづらむ

kikunotsuyu / wakayu bakari ni / sode furete / hana no aruji ni / chiyo wa yuzuran

譯者說：此詩收於《紫式部日記》第 8 篇。道長大人的夫人命侍女兵部送來菊棉，讓紫式部用之養顏，擦拭掉衰容。紫式部乃作此詩，準備連菊棉一起送回去給夫人。

101

水鳥
飄游於
水之上，
我亦在浮世中
度過

☆水鳥を水の上とやよそに見む我も浮きたる世を過ぐしつつ
mizutori o / mizu no ue to ya / yoso ni min / ware mo ukitaru / yo o
sugushitsutsu

譯者說：此詩收於《紫式部日記》第 24 篇，後被選入《新古今和歌
集》卷十六「雜歌」。

102

陣雨季節，
天空猶有雲斷
晴露時，
思君我袖
未曾乾……

☆ことわりの時雨れの空は雲間あれどながむる袖ぞ乾く間もなき

kotowari no / shigure no sora wa / kumoma aredo / nagamuru sode zo
/ kawaku ma mo naki

譯者說：此詩收於《紫式部日記》第 25 篇。紫式部收到小少將君來
信，正在寫回信時突然下起陣雨，便在信末寫道：「不僅我心緒紛
亂，天空也風起雲湧」。小少將君收到後居然又遣人送來回信，在
一張深紫色的雲形花紋紙上寫了一首短歌，紫式部此處這首詩乃答
覆底下所錄小少將君這首短歌——小少將君是與紫式部同侍於一條
天皇中宮彰子上東門院的女官，是源時通的女兒，與紫式部關係密
切——

我望著天空，
暗雲與暗雲間
陣雨蠢蠢欲落──
但何以它們也把
我的思念一起降下？

☆雲間なくながむる空もかきくらしいかにしのぶる時雨れなる
らむ（小少將君）

kumo ma naku / nagamuru sora mo / kakikurashi / ikani shinoburu /

shigurenaruran

131

103

不知我心久歷的
世間之憂——
一片片飄積於
我荒蕪庭園的
冬日第一場雪……

☆ふればかく憂さのみまさる世を知らで荒れたる庭に積もる初
雪

fureba kaku / usa nomi masaru / yo o shirade / aretaru niwa ni /
tsumoru hatsuyuki

譯者說：此詩被選入《新古今和歌集》卷六「冬歌」。

104

無雲無垢，
月光映於
清澄的
水面，千歲
長閑靜

☆曇りなく千歲に澄める水の面に宿れる月の影ものどけし

kumori naku / chitose ni sumeru / mizu no omo ni / yadoreru tsuki no
/ kage mo nodokeshi

譯者說：此詩被選入《新古今和歌集》卷七「賀歌」，有前書「後一
條院誕生於九月一個月明無雲之夜。大二條關白中將邀眾年輕人泛
舟池中，行至中島松影倒映處，見月光美極，乃歌詠之」。

105

世上有誰
能長壽永生？
然而留下的書信
字跡不消
如見其人

☆誰か世にながらへて見む書きとめし跡は消えせぬ形見なれど
も

tare ka yo ni / nagaraete min / kakitomeshi / ato wa kiesenu / katami
naredomo

譯者說：此詩被選入《新古今和歌集》卷八「哀傷歌」，有前書「上
東門院小少將君去世後，我找到先前與之往來書信，有感而作歌致
加賀少納言」。如前所述，上東門院小少將君是曾與紫式部同侍於
中宮彰子「上東門院」的女官，是紫式部的密友。

　　自從親密的那人

　　在黃昏化作青煙

　　消逝後，就連燒鹽時煙

　　飄盪的陸奧國鹽竈灣

　　這名字，也讓我懷念

☆見し人のけぶりになりし夕べより名ぞむつましき塩釜の浦

mishi hito no / keburi to narishi / yūbe yori / na zo mutsumashiki /
shiogama no ura

譯者說：此詩被選入《新古今和歌集》卷八「哀傷歌」，有前書「感嘆世事無常之時，看到諸多繪陸奧國各處名勝之畫」。「塩釜」（又寫成「塩竈」），今宮城縣鹽竈市。陸奧國松島灣內的「塩釜」，是因產鹽而有名的「歌枕」（屢被歌人們吟詠的名勝、古跡）。日文原詩中的「塩釜の浦」（shiogama no ura），是松島灣西南部支灣、鹽竈灣的古稱。而「むつまし」（mutsumashi）也可寫作「睦まし」（親密、和睦之意），「むつ」發音又與「陸奧」（むつ）相同，因而造成雙關的效果。「親密的那人」殆指紫式部的亡夫藤原宣孝。紫式部約於 998 年與長她二十多歲的藤原宣孝成婚，翌年生下女兒賢子，兩年後丈夫亡故。

107

不必想自身的
日暮還有多久
將沒入黑暗，
我已深知人世之
悲哀與無常

☆暮れぬ間の身をば思はで人の世のあはれを知るぞかつははか
なき

kurenu ma no / mi oba omowade / hito no yo no / aware o shiru zo /
katsu wa hakanaki

譯者說：此詩收於《紫式部集》，後被選入《新古今和歌集》卷八
「哀傷歌」，有前書「在諸物中找出一封已逝者來信，乃寄此歌給逝
者之親人」。此逝者應是前面提到的上東門院小少將君。紫式部此
詩顯然化用了《古今和歌集》中紀貫之悼念堂兄紀友則之作——「雖
知明日／非我身所有，／但在我今日猶存的／暮色裡，我為已／沒
入黑暗的他悲」（明日知らぬわが身と思へど暮れぬ間の今日は人こ
そかなしかりけれ）。

108

託北飛之雁的
雙翼，傳
我的話語，
不停地書寫於
雲上……

☆北へゆく雁のつばさに言伝てよ雲の上書きかき絶えずして
kita e yuku / kari no tsubasa ni / kotozute yo / kumo no uwagaki /
kakitaezu shite

譯者說：此詩被選入《新古今和歌集》卷九「離別歌」，有前書「贈
別誓約匪淺、情同姊妹之我友」。此詩運用了蘇武「鴻雁傳書」之
典。

137

109

天空烏雲密佈

午後雷陣雨將至，

波浪洶湧，

水上的浮舟

不再心靜

☆かきくもり夕立つ波の荒ければ浮きたる舟ぞしづ心なき

kakikumori / yūdatsu nami no / arakereba / ukitaru fune zo /
shizugokoro naki

譯者說：此詩被選入《新古今和歌集》卷十「羈旅歌」，有前書「泛
舟湖上，聽到有人說午後雷陣雨將至」。

110

高懸天際的
月亮的去向，如今
已很清楚：
今夜我茫然地
苦候著你

☆入る方はさやかなりける月影を上の空にも待ちし宵かな
iru kata wa / sayakanarikeru / tsuki kage o / uwa no sora nimo /
machishi yoi kana

譯者說：此詩被選入《新古今和歌集》卷十四「戀歌」，有前書「寄
某人」。「月亮的去向，如今已很清楚」，意謂已知道這負心人去和
另一個女人幽會。日文原詩中「上の空」有兩個意思，一指天空或
空中，另一指心神不寧，是雙關語。

111

没有魔法師能
為我找到她嗎，
告訴我
她魂歸何處
得以覓見她？

☆尋ねゆく幻もがなつてにても魂のありかをそこと知るべく
tazuneyuku / maboroshi mogana / tsute nite mo / tama no arika o /
soko to shirubeku

譯者說：此詩選自《源氏物語》第一帖「桐壺」，由小說一開始所說
的某朝（桐壺）天皇所吟出。他寵愛的更衣（妃嬪）桐壺，為其生
一皇子（光源氏）後，不幸紅顏薄命早逝。此詩乃皇上思念桐壺，
在命婦（女官）前殷切希望能起死回生，再見伊人芳魂之悲歡。此
詩日文原作中的「幻」（まぼろし，音 maboroshi），指能行魔法、
幻術之人，猶言「方士」、「方術士」。紫式部《源氏物語》總共
五十四帖（另加一在第四十一帖「幻」之後，只有帖名而內文空白
的「雲隱」）。此長篇小說大而別為兩部分：前四十一帖以光源氏為
主人公，主要講述其出生、和諸多女子間熱烈的愛情故事、謫居須
磨與政治地位的起伏，以及中年後內心的寂寞、無奈；後十三帖所
敘為光源氏去世後之事，以光源氏名義上的幼子「薰君」及光源氏
外孫「匂宮」（匂親王）為主人公，描述他們的感情生活以及他們所
愛戀的「宇治三姊妹」的多舛命運。第四十一帖「幻」故事結束與
第四十二帖「匂宮」故事開始之間，相隔約八年。第一帖所寫為光
源氏年齡一歲到十二歲時之事。

112

> 此屋琴音
> 月光皆不俗，
> 但不知
> 留得住
> 薄情郎否？

☆琴の音も月もえならぬ宿ながらつれなき人を引きやとめける

koto no ne mo / tsuki mo enaranu / yado nagara / tsurenaki hito o /
hiki ya tomekeru

譯者說：此詩選自《源氏物語》第二帖「帚木」，由殿上人（一貴族）在小說中人物左馬頭（左馬寮長官）情婦家，打情罵俏地對她吟出，讓躲在一旁的左馬頭聽了大為光火。本帖所寫為光源氏十七歲時之事。

113

蟬蛻下來的
空殼，遺留樹下
就像汝身消失於
我眼前，徒留蟬衣
讓人思念

☆空蟬の身をかへてける木のもとになを人がらのなつかしきか
な

utsusemi no / mi o kaetekeru / ko no moto ni / nao hitogara no /
natsukashiki kana

譯者說：此詩選自《源氏物語》第三帖「空蟬」，由小說中主人公光
源氏所寫。本帖故事與第二、第四帖同樣發生於光源氏十七歲之
時。在第二帖裡光源氏引誘了「紀伊守」年輕的繼母（其父「伊豫介」
再娶之妻）「空蟬」，和她發生一夜情。在本帖，他讓空蟬之弟小君
找機會讓他和空蟬再相聚，不料去她家時她與女友「軒端荻」下棋。
後來光源氏在空蟬的房間誤抱了軒端荻，趕緊回二條院家。他將攜
回的空蟬上衣壓在自己的衣服下，空蟬的衣香讓他久久未能成眠，
便起身在懷紙上書寫了此詩，叫小君次日送去給空蟬。那件薄薄的
外衣仍留有伊人親密的餘香，他始終藏在身邊，不時拿出來觀賞。
空蟬年紀不明。第二帖帖名「帚木」（掃帚樹之意），殆指涉傳說中
信州伏屋地方之怪樹「帚木」，遠看似倒置的掃帚，近看即消失不
見。第二帖末有光源氏與空蟬一贈一答詩兩首，兩首中皆用了「帚
木」此意象比擬空蟬。掌管地方諸國國政的長官稱國守，次官稱介。

單憑猜想
我瞥見的那人
容顏，就彷彿
在白色夕顏花上
增添白露之光

☆心あてにそれかとぞ見る白露の光添へたる夕顔の花

kokoroate ni / sore ka to zo miru / shiratsuyu no / hikari soetaru /
yūgao no hana

譯者說：此詩選自《源氏物語》第四帖「夕顏」，由小說中人物夕顏
寫在一白扇子上。本帖中，至乳母家探病的光源氏吩咐再請眾僧做
法事，保佑乳母病體早日康復。臨別前，叫惟光點燃紙燭，仔細看
人家送他的盛著夕顏花的白扇子，他嗅到此把扇子女主人的薰衣
香，芬芳沁人，讓人愛憐。扇面上信筆揮灑而就的此詩也頗饒情
趣。讓他覺得意外，此種地方竟有如斯女子。遂要惟光探詢西鄰人
家是誰，惟光打聽後說房子主人到鄉下去了，女主人年紀很輕，性
頗好動──此女即夕顏。她先前其實是頭中將（光源氏友人）的情
人，兩人間生下一女藤原琉璃君（即後來的玉鬘），卻因頭中將的正
室妒嫉，派人恐嚇夕顏，終使夕顏母女黯然離去，和頭中將斷絕音
訊。夕顏四處搬家，後來恰巧搬到光源氏乳母家隔壁。本帖所寫為
光源氏十七歲時之事，夕顏時年十九歲。

115

秋暮——
逝者已逝，生者
今又將離我而去：
生離死別
兩茫茫！

☆過ぎにしもけふ別るるも二道に行くかた知らぬ秋の暮かな
suginishi mo / kyō wakaruru mo / futamichi ni / yukukata shiranu /
aki no kure kana

譯者説：此詩為《源氏物語》第四帖「夕顏」裡十九首和歌中的最
後一首。光源氏後來追求到了夕顏。在本帖末尾，光源氏和夕顏在
荒宅幽會時，夕顏意外身亡，讓源氏真切面對了死亡的驚恐，以及
失去愛人的悲痛。他暗戀的伊豫介夫人空蟬又將離京而去，他深深
體會到此種不可告人之戀帶給人的痛苦。在秋盡冬來之時，他吟出
了這首惆悵、無奈之歌。本帖所寫為光源氏十七歲時之事，夕顏時
年十九歲。

116

一夕幽會
再相逢其難，
但願我身
永留
今宵夢中

☆見ても又逢ふ夜まれなる夢のうちにやがてま紛るる我が身と
もがな

mite mo mata / au yo marenaru / yume no uchi ni / yagate magiruru /
wagami tomogana

譯者說：此詩選自《源氏物語》第五帖「若紫」，由小說中主人公光
源氏對其繼母——他父皇的妃嬪——藤壺女御所吟出。本帖寫光源
氏十八歲時之事，說到光源氏因暗戀藤壺女御，趁她因患病回娘
家，拜託藤壺的近侍王命婦安排讓兩人相會。在幽會時間裡，兩人
都深感痛苦，不敢相信這是現實。雖覺對皇上愧疚，但彼此都覺得
幽會時間匆匆，盼望能永同宿在黑夜中。可恨良宵苦短，光源氏興
「莫如不相會」之嘆，乃對藤壺詠出此歌。藤壺時年二十三歲。此處
未提到的小說中人物「若紫」（即後來的「紫之上」），時年十歲。

117

縱然此身
長留夢中
永不醒，
世人非議
讓人憂

☆世語りに人や伝へんたぐひなくうき身を覚めぬ夢になしても
yogatari ni / hito ya tsutaen / tagui naku / ukimi o samenu / yume ni
nashite mo

譯者說：此詩選自《源氏物語》第五帖「若紫」，是光源氏繼母藤壺
女御聽了兩人夏夜幽會時光源氏所詠之上一首歌後，目睹他悲痛欲
絕之狀，心中疼之，啟齒答覆他之歌。本帖所寫為光源氏十八歲時
之事，藤壺女御時年二十三歲。

118

雖知無言
勝有言，
但你強忍
不作聲，
讓我苦不堪言！

☆言はぬをも言ふにまさると知りながらをしこめたるは苦しか
りけり

iwanu o mo / iu ni masaru to / shirinagara / oshikometaru wa /
kurushikarikeri

譯者說：此詩選自《源氏物語》第六帖「末摘花」，由小說中主人公光源氏對一侍女吟出。本帖故事發生於光源氏十八與十九歲之時，寫光源氏因對已故的常陸親王的女兒（年紀不明）好奇，想接近她，不時寫信追求，但對方一直置之不理。他託大輔命婦安排兩人隔簾交談，他覺得對方沉靜，衣香襲人，芬芳溫雅，心中甚滿意，便天花亂墜向她巧言傾訴近一年來相思之苦，可是近在咫尺的她，卻一句話也未答。她的一個侍女見小姐這情況，心中著急，便裝作小姐代她答覆。光源氏聽後覺得聲音頗可愛，便回以此處這首短歌。後來光源氏發現她家小姐鼻子高又長，尖端略垂且帶紅色，臉長體瘦，筋骨嶙峋，是個醜女。本帖帖名「末摘花」，即紅花，常陸親王的女兒鼻尖有一點紅色，故以末摘花比之。

119

這撫子花
像可愛的孩子，
看著它，我心
難慰，反而
淚濕如露

☆よそへつつ見るに心は慰まで露けさまさる撫子の花
yosoetsutsu / miru ni kokoro wa / nagusa made / tsuyukesa masaru / nadeshiko no hana

譯者說：此詩選自《源氏物語》第七帖「紅葉賀」，由光源氏所書，透過藤壺的近侍王命婦交給藤壺。本帖亦寫光源氏十八與十九歲時之事。先前光源氏與藤壺幽會後，藤壺懷孕了。藤壺產下一男嬰，皇上甚喜此小皇子，視同美玉，覺得長得特別像他所疼愛的光源氏，並不知光源氏即為其生父。光源氏看到跟自己像一個模子印出來的男嬰後，悲喜交加，令人摘庭前盛開的撫子花，連同一封信請王命婦伺機交給藤壺，並附上此首短歌。日文詩中的「撫子」（nadeshiko），是日本「秋之七草」之一，中文稱瞿麥或石竹。「撫子」另有一意思，指可愛的孩子，在此是雙關語。光源氏本以為見到男嬰──自己的幼子──心頭可以稍獲寬慰，不意父子不得相認，反增悲苦。

148

120

> 衣袖被露般的
> 淚水沾濕，
> 但猶然疼愛伊
> 不忍疏遠，
> 這大和撫子花！

☆袖ぬるる露のゆかりと思ふにも猶疎まれぬ大和撫子

sode nururu / tsuyu no yukari to / omou nimo / nao utomare nu / yamatonadeshiko

譯者說：此詩選自《源氏物語》第七帖「紅葉賀」，是藤壺讀了王命婦交給她光源氏信中所附的上一首詩後，百感交集，執筆信手回覆的短歌。她勸慰光源式，「撫子花」似的幼兒雖然讓其淚沾袖，但畢竟是他倆所親生，豈忍疏遠不疼愛。光源氏收到此回音，原本臥著沉思的他，突然激動、高興起來，再次熱淚盈眶。本帖所寫為光源氏十八歲與十九歲時之事。

121

如果我不幸
從這無常的人世
消失，你會
到草深的荒塚間
尋問我名嗎？

☆憂き身世にやがて消えなばたづねても草の原をば問はじとや
思ふ

ukimi yoni / yagate kienaba / tazune temo / kusanowara oba / towa ji
toya omou

譯者說：此詩選自《源氏物語》第八帖「花宴」，由小說中人物「朧
月夜」此女子對光源氏吟出。本帖所述為光源氏二十歲時之事。光
源氏在皇上於南殿舉行，藤壺皇后與弘徽殿女御皆出席的春日櫻花
宴會獻舞、誦詩，深夜宴會散後，光源氏向弘徽殿廊下走去，見一
門未關，便跨進去向內窺探。忽聞一嬌柔、曼妙女聲在吟唱古歌
「……無物堪比朧月夜」。光源氏將她抱進房裡，女的聽聲音知他是
光源氏，也無力或無心堅拒，兩人一夜好合，無奈天色漸明，終須
一別。光源氏對她說「想請教芳名，否則日後無法通音信」，「朧月
夜」隨即吟出此處這首短歌。本帖中「朧月夜」所唱古歌為歌人大
江千里被選入《新古今和歌集》之作——「不明又不暗，無物堪比
春夜朧月夜」（照りもせず曇りもはてぬ春の夜の朧月夜に似る物ぞ
なき），而此歌實又為白居易〈嘉陵春夜詩〉中「不明不暗朧朧月」
一句之變奏。《源氏物語》中並未露出「朧月夜」實名，此稱呼源自
她出場時吟唱之此古歌。她是右大臣的六女，長姊即為弘徽殿女
御，弘徽殿女御本來屬意她做東宮妃。

122

夜復一夜
我們已習於同枕
共榻，為何
你我之間猶隔
一層衣物？

☆あやなくも隔てけるかな夜を重ねさすがに馴れし夜の衣を
ayanaku mo / hedatekeru kana / yo o kasane / sasuga ni nareshi / yoru
no koromo o

譯者說：此詩選自《源氏物語》第九帖「葵」，所述為光源氏二十二
與二十三歲時之事。本詩由小說中主人公光源氏對當時約十四、五
歲的「紫之上」（又譯紫姬；先前稱為若紫）吟出。光源氏初遇她
時，她還是年約十歲的小女孩若紫，因她樣子酷似光源氏繼母藤壺
而驚為天人（她其實血統上是藤壺的姪女），非常喜歡她，後將若紫
騙回二條院像父親般撫育她。但隨著若紫的年長成熟，光源氏也心
潮湧動，不時藉機示意想一親其芳澤，若紫卻都無反應。本帖寫到
一直都同榻睡的「父女般」的他倆，有天早晨光源氏早早起身，但
紫之上卻遲遲不見起。原來她在枕邊看見光源氏寫在信紙上的此處
這首短歌，萬萬想不到她始終對其真心信賴的光源氏，居然對她起
了色心。本帖中她傷心、怨恨了好幾天，但正妻「葵之上」（又譯葵
姬；父為左大臣，母為桐壺帝之妹）剛死不久的光源氏，已秘密準
備要與「紫之上」成婚。「紫之上」最終順從了他，成為光源氏的夫
人。

123

聽聞少女子
此間居，
我折聖樹賢木
之葉，隨
葉香到此訪

☆少女子があたりと思へばさか木葉の香をなつかしみとめてこそ折れ

otomego ga / atari to omoeba / sakakiba no / ka o natsukashimi /
tomete koso ore

譯者說：此詩選自《源氏物語》第十帖「賢木」，由光源氏對與其有一段情的六條夫人吟出。本帖寫光源氏二十三至二十五歲時之事。「賢木」即楊桐樹，為種植於神社之聖樹。六條夫人（《源氏物語》中稱其為「六條御息所」），十六歲時被選為東宮妃，二十歲時丈夫東宮未即位就去世，兩人生有一女「秋好」，受任命為齋宮，本帖開頭時，她正與母親移居京都嵯峨野宮修行一年。六條夫人二十四歲時曾與小她八歲的光源氏熱戀。光源氏來到野宮欲見六條夫人一面，略訴衷腸，不意六條夫人卻冷淡對之，光源氏乃吟出此詩。少女子，意即少女，此處指將擔任伊勢神宮「齋宮」（或稱「齋王」）的未婚皇族女性——六條夫人之女「秋好」——即後之「梅壺女御」、「秋好中宮」。

124

布穀鳥
也懷念橘香，
飛向橘花
散落的地方
駐足一訪

☆橘の香をなつかしみほととぎす花散る里をたづねてぞとふ

tachibana no / ka o natsukashimi / hototogisu / hana chiru sato o /
tazunete zo to

譯者說：此詩選自《源氏物語》第十一帖「花散里」，由時年二十五
歲的光源氏吟出。桐壺院有個妃子稱「麗景殿女御」，自桐壺院去世
後孤苦過日，全賴光源氏照料。她的三妹「花散里」曾與光源氏有
過邂逅之緣，他難以忘懷。五月梅雨季有一日天晴，他興念一訪
「花散里」此女。他走進人煙稀少的宅邸，先拜訪麗景殿女御，和其
敘舊。女御典雅可親，光源氏回憶往事，不禁落淚。此時布穀鳥啼
鳴，光源氏心想它是否隨他的足印而至，便吟出此處這首詩（譯詩
中「橘花散落的地方」即「花散里」）。女御也回以一首短歌。告別
女御後，光源氏悄悄地走到西廂見「花散里」，與她娓娓交談。底下
即是女御所回短歌——

為世所遺的
荒邸，無人
肯顧——
簷前的橘花
引君前來……

☆人目なく荒れたる宿は橘の花こそ軒のつまとなりけれ（麗景
殿女御）

hitome naku / aretaru yado wa / tachibana no / hana koso noki no /
tsuma to narikere

125

我無怨無悔地
情願捨我命
換取眼前
與君的別離
延緩片刻

☆おしからぬ命にかへて目の前の別れをしばしとどめてしかな
oshikaranu / inochi ni ka ete / me no mae no / wakare o shibashi /
todometeshi kana

譯者說：此詩選自《源氏物語》第十二帖「須磨」，由光源氏夫人紫
之上（時年十八歲）對光源氏吟出。本帖寫光源氏二十六歲與
二十七歲之事。須磨位於神戶西南海岸。桐壺帝退位後由朱雀帝繼
位，其母弘徽殿太后（先前之弘徽殿女御）之六妹朧月夜後進入朱
雀帝後宮，甚得朱雀帝寵愛。然而朧月夜始終忘不了當年與光源氏
的邂逅，光源氏亦對其戀慕深切，兩人時有幽會。有次被其父右大
臣撞見，右大臣十分驚訝、惱火，朧月夜長姊弘徽殿太后知此事後
怒不可抑，準備趁機懲辦光源氏。光源氏自覺將遭受處分，此時大
約已有革職流放的訊息，光源氏乃被迫自動離開京城，來到須磨。
此為臨別時，光源氏夫人紫之上深情款款、不忍夫君別離的動人歌
吟。

126

> 拍岸的濤聲彷彿
> 因思戀而苦惱的
> 啜泣之音：是
> 因為風從我想念的
> 都城吹來嗎？

☆恋ひわびて泣く音にまがふ浦波は思ふ方より風や吹くらむ

koiwabite / naku ne ni magau / uranami wa / omou kata yori / kaze ya
fukuran

譯者說：此詩選自《源氏物語》第十二帖「須磨」，由放逐到須磨海
濱，蕭瑟的秋風吹來，「夜中不能能寐，起坐彈鳴琴」後又更加傷悲
的光源氏（時年二十六歲）所吟出。

127

我說，你內心
對我的戀慕從何
而來？怎會為一個
只聞其名未見
其面的人害相思？

☆思ふらむ心のほどややよいかにまだ見ぬ人の聞きかなやまむ
omouran / kokoro no hodo ya / yayo ikani / mada minu hito no / kiki
ka nayaman

譯者說：此詩選自《源氏物語》第十三帖「明石」，由小說中人物
「明石姬」（時年十八歲，與光源氏成親後稱明石夫人）在收到時年
二十七歲的光源氏寄來的示愛短歌後，提筆所回。本帖寫光源氏須
磨居室被響雷所擊著火，兼狂風終日騷擾，他累得不知覺地睡著，
夢見已故桐壺上皇在眼前對他說須聽從住吉明神指引，迅速搭船離
開須磨海濱。光源氏異常驚喜。沒想到有隻小船逐漸駛近岸邊，原
來是前任播磨守「明石道人」從明石海濱來此相訪。他將光源氏等
人載回明石安歇，並希望自己的女兒「明石姬」能嫁給光源氏。此
二男女未見面前，先有上述短歌往返。八月十三月明之夜，明石道
人安排光源氏到明石姬所居之屋會面成親。光源氏怕此事如被夫人
紫之上知道，會恨他欺瞞，所以寫了一封信向她自招他在明石海濱
「外遇」之事。他又畫了許多畫寄給紫夫人，夫人也於寂寞時畫了許
多畫，集成一冊日記。翌年七月，光源氏獲聖旨召還歸京，復職為
「權大納言」，離明石海濱前與明石夫人彈琴惜別，回京後並偷偷寫
了一封信慰問她。

128

君與汝愛侶
行止方向同，
我寧先化為
一縷煙，升空
獨消此身……

☆思ふどちなびく方にはあらずともわれぞ煙に先立ちなまし
omou dochi / nabiku kata niwa / arazutomo / ware zo keburi ni /
sakidachinamashi

譯者說：此詩選自《源氏物語》第十四帖「澪標」（即「航標」之
意），由時年二十一歲的紫夫人對光源氏（時年二十八歲）吟出。本
帖寫光源氏恢復官職返京後翌年二月，皇太子冷泉院即帝位，光源
氏升為內大臣。明石夫人懷孕在身，於三月生下一女嬰，光源氏初
次得女，分外珍惜。光源氏從未將明石夫人懷孕生女之事告知紫夫
人，恐她從別處聽到此消息反而不好，因此又先向她自招了，希望
她不要嫉妒。紫夫人本是溫柔穩重之人，知此事後也難免生怨。光
源氏向她解釋他與明石夫人結緣全是他彼時身處偏僻海濱環境使
然。又向紫夫人描述了如何與明石姬在黃昏海濱唱和詩句、如何當
晚窺見她的容貌及其高妙琴藝。紫夫人聽後想那時她在京獨守空
閨，他卻與別的女人在外尋歡作樂。紫夫人心中悶悶不樂，說她就
是她自己一人，人生在世真悲哀啊，接著就吟出此處這首「悲哀」
的詩。

129

我經年累月耐心

如一棵青松

候君至──君

莫非為看藤花

順便來訪？

☆年を経てまつしるしなきわが宿を花のたよりにすぎぬばかり
か

toshi o hete / matsu shirushi naki / waga yado o / hana no tayori ni /
suginu bakari ka

譯者說：此詩選自《源氏物語》第十五帖「蓬生」（意為艾蒿等雜草
叢生的荒地），由小說中人物「末摘花」對時年二十八歲的光源氏吟
出。光源氏在須磨期間，不少女子思念他，為他悲嘆，常寫信問慰
他。故常陸親王的女公子末摘花即其一。光源氏回京的翌年四月
間，忽想起「花散里」，便悄悄前去造訪，途中經過一處荒蕪不堪的
宮邸，非常淒涼。光源氏想起這裡就是末摘花的居所，哀憐之情油
然而生，不忍過門不入。隨從惟光攔住他說裡面蒿草叢生，滿是露
水，必須清除露水後才方便進去。末摘花見到光源氏來訪，喜不自
勝。光源氏看到庭院中松樹比昔年高大許多，感歎歲月流逝，浮生
若夢，便對末摘花吟出一詩──「如浪的藤花／召喚我來訪／你
家──它們／湧自你門口那棵／一心等待的松樹」（藤波のうち過ぎ
がたく見えつるは松こそ宿のしるしなりけれ）。末摘花乃答以此
處這首詩。源氏公子看她吟詩神情，聞到她隨風飄來之衣香，覺得
她比以前成熟有韻味。光源氏許諾接她到二條院，照顧她的生活。
末摘花所吟日文原詩中，「まつ」（matsu）一詞兼有「待つ」（等待）
與「松」之意，是掛詞（雙關語）。

130

　　去時出關淚溢流
　　返時入關淚亦溢流──
　　人們會錯以為
　　我的眼睛是噴湧
　　不絕的清水之泉

☆行くと来と塞き止めがたき涙をや絶えぬ清水と人は見るらむ
yuku to ku to / sekitome gataki / namida o ya / tae nu shimizu to / hito
wa miruran

譯者說：此詩選自《源氏物語》第十六帖「關屋」，由小說中人物
「空蟬」在再遇時年二十九歲的光源氏時心中所吟。空蟬之夫「伊豫
介」，後改任「常陸介」，空蟬隨夫居住常陸。光源氏流放須磨，忽
獲特赦返京，翌年秋，任期屆滿常陸介也攜家眷返京，進入逢阪關
之日，恰逢赴石山寺還願的光源氏。光源氏把常陸介一行人中的小
君喚來，讓其向其姊空蟬傳話說他今日特前來關屋相迎，盼空蟬能
體諒其心志。空蟬也未曾忘記兩人間秘密往事，思念起舊情，愁緒
湧生，乃在心中吟出此詩。可惜光源氏未能於此際聽見此「心音」！
事後光源氏常去信試探她的心意。不久，常陸介病逝，空蟬削髮為
尼。此帖帖名是因先前空蟬與光源氏在逢阪關某處邸宅（「關屋」）
偶然幽會一事而來。

獨自一人在京城
嘆息、悲傷——我
應該親身隨君一睹
那些漁民居住的
海濱,合繪漁家情

☆一人ゐて嘆きしよりは海人の住むかたをかくてぞ見るべかり
ける

hitori ite / nageki shiyori wa / ama no sumu / kata o kakute zo / miru
bekarikeru

譯者說:此詩選自《源氏物語》第十七帖「繪合」(即「賽畫」之
意),由時年二十三歲的紫夫人對光源氏吟出。本帖寫光源氏
三十一歲之事。春天時,擅長繪畫的前齋宮入內為梅壺女御(即後
之「秋好中宮」),冷泉帝時常到她那裡交流作畫。(新)弘徽殿女
御(此為冷泉帝之女御,與前述之「弘徽殿太后」非同一人)之父
權中納言(即先前之「頭中將」)是好勝之人,也召集許多傑出畫
家全力繪出上乘之作,交給弘徽殿女御呈皇上御覽。但她不輕易拿
出來給皇上,更不想讓皇上拿給梅壺女御看,她秘藏起來。光源
氏聞之,向冷泉帝說願將自家所藏古畫呈奉上來。他返回二條院,
和紫夫人一起挑畫。且趁此機會,拿出珍藏的其須磨、明石流放期
間所繪日記畫給紫夫人看。紫夫人目睹這些動人畫作,怨光源氏為
何先前不早些給她看,乃吟出此處這首詩。梅壺與弘徽殿女御後又
行「繪合」之賽,梅壺女御方終以光源氏之畫勝出。

132

月宮桂樹
映桂川，遙居
川畔，月光
悠哉自在
分外清……

☆月のそむ川のをちなる里なれば桂の影はのどけかるらむ

tsuki no sumu / kawa no ochi naru / sato nareba / katsura no kage wa / nodokekaruran

譯者說：此詩選自《源氏物語》第十八帖「松風」，由小說中人物冷泉帝所書。本帖故事與前帖同一年，寫光源氏三十一歲之事。秋天時，光源氏二條院東院新建工程竣工，他讓花散里遷居東院西殿，擬讓明石夫人住在東殿。明石道人告知光源氏已為明石母女在京郊嵯峨大堰附近興建山莊。光源氏催明石夫人來京，她攜女兒（三歲的明石小姐）入住松風習習的大堰山莊。光源氏告訴紫夫人明石小姐之事，說要去他嵯峨的別墅「桂院」兜留兩三日。他微服至大堰山莊訪明石夫人母女，翌晨告別後決定今日遊玩「桂院」。夜色漸深時，京中來人說宮中行管弦之會，皇上問何以不見光源氏到，有人上奏光源氏正遊嵯峨桂院。冷泉帝便遣人來此，並附一信，其中寫了此處這首詩，且說令人羨慕。此詩環繞著「桂樹」、「桂院」以及桂院附近的「桂川」中的「桂」字書寫。傳說月宮中有桂樹，高五百丈。日文原詩中「そむ」（sumu）兼有「澄む」（そむ：清澄）與「住む」（そむ：居住）之意，是雙關語。

133

暮色中
山峰上飄浮的薄雲
是否也像我
喪服袖子一樣——
是悲傷的薄墨色？

☆入日さす峰にたなびく薄雲は物思ふ袖に色やまがへる
irihi sasu / mine ni tanabiku / usugumo wa / mono omou sode ni / iro
ya magaeru

譯者說：此詩選自《源氏物語》第十九帖「薄雲」，為光源氏哀悼方
去世的藤壺母后（他父皇的女御，與光源氏一夜情後生今皇冷泉帝）
之作。本帖寫光源氏三十一與三十二歲之事。光源氏三十一歲十二
月時，女兒明石小姐入住二條院，紫夫人待其如己出。他三十二歲
三月時，藤壺病危，隨後逝世，光源氏心中悲痛，難以言喻，獨閉
佛堂裡，終日哭泣。夕日餘輝清晰照著山邊樹梢，山巔上飄浮的薄
雲顏色黯淡，看似喪服的薄墨色（淡墨色）。光源氏情不自禁地獨吟
出此詩，但佛堂裡別無他人，心聲有誰聞？本帖標題「薄雲」源自
此詩，故藤壺又名「薄雲皇后」。

163

134

冰閉石間水，
流動難──
天空月光
清澄，無盡
向西流……

☆氷閉ぢ石間の水は行きなやみ空澄む月の影ぞ流るる

kōri toji / iwa ma no mizu wa / yukinayami / sora sumu tsuki no /
kage zo nagaruru

譯者說：此詩選自《源氏物語》第二十帖「槿」（一作「朝顏」），
由光源氏夫人紫之上吟出。本帖寫光源氏三十二歲時之事。九月
時，在賀茂神社當齋院的槿姬，為了服其父（桃園式部卿親王）之
喪退出齋院，移居桃園宮。光源氏訪桃園宮，槿姬不想與其直接會
談，只願讓人互傳訊息或短歌。十二月，大雪紛飛，積雪甚厚。雪
光映襯下的光源氏和紫夫人光彩照人。月光遍照，大地一片雪白，
泉水不流，池水結冰，予人悽愴之感。光源氏和紫夫人共敘今昔種
種事情，直至深夜，月色益澄，情致更深，紫夫人乃吟誦出此處這
首詩。她略微側頭的姿態分外迷人，髮型、顏貌酷似光源氏慕戀的
藤壺母后，他對槿姬的傾慕之心便多少收回至紫夫人處。

135

　　我的袖子沾著我

　　渴望愛情而流淌出的

　　鮮紅血淚──你

　　可以譏笑我是穿

　　淺綠袍的六位京官嗎？

☆くれなゐの涙に深き袖の色を浅緑にや言ひしをるべき

kurenai no / namida ni fukaki / sode no iro o / asamidori ni ya / iishiorubeki

譯者說：此詩選自《源氏物語》第二十一帖「少女」。本帖寫光源氏三十三歲至三十五歲之事。本詩由光源氏的兒子、時年十二歲的夕霧吟出。光源氏三十三歲這年，為十二歲的夕霧行冠禮，本想封其四位官爵，但夕霧還年幼，因此決定封他六位，穿淺綠官袍，並命其入大學，接受察試。此年，光源氏升為太政大臣，右大將（前述之「頭中將」、「權中納言」）升為內大臣。此內大臣有一位十四歲的女兒「雲居雁」，與弘徽殿女御同父異母。雲居雁與夕霧同在祖母／外祖母太君膝下長大，兩小無猜，互有好感。但內大臣指望雲居雁進宮侍候太子。他以陪伴弘徽殿女御為由，把雲居雁從太君處接走。太君寫信叫雲居雁來看她，夕霧躲在暗處窺視，他乳母覺其可憐，請太君讓兩人在另一室會面。兩人一見，心頭亂跳，對泣無言。雲居雁乳母看到此景，憤然說──「不管你才貌如何兼優，嫁給你這樣一個六位小京官，也太沒面子了！」夕霧聽到此話，知道自己官位低，被對方乳母嘲笑，不免恨世事不公，戀火幾乎快變成怒火。他憤請雲居雁聽她乳母之言，隨後吟出此處這首詩。雲居雁答詩尚未吟畢，內大臣就進屋來了。雲居雁趕緊逃回自己房中。隔年，夕霧進士及第，升為穿紅袍的五位京官。

136

我對松浦鏡神
發大誓：
我若對君變了心
任憑神明斷我根
斷我筋！

☆君にもし心違はば松浦なる鏡の神をかけて誓はむ

kimi ni moshi / kokoro tagawaba / matsuura naru / kagami no kami o
/ kakete chikawan

譯者說：此詩選自《源氏物語》第二十二帖「玉鬘」，由小說中人物
土豪「大夫監」吟出。本帖描寫光源氏所戀的夕顏去世後，不知情
的夕顏的乳母一直打聽夕顏下落，但始終杳無音訊，只好由她撫養
夕顏的女兒玉鬘。她本想設法送玉鬘進京，不料她丈夫太宰少貳突
然病死，希望變得益發渺茫。玉鬘在二十歲時已明白自己身世，相
貌非常漂亮。乳母家人與她遷居到肥前國，當地許多略有名聲者，
聽說玉鬘是個美女，都前來求婚。附近肥後國有一「大夫監」粗魯
無知，卻自命風流，欲廣納姬妾，想把玉鬘也弄到手。玉鬘二十一
歲那年春日，大夫監在傍晚前來求婚。乳母騙說玉鬘身患不可告人
之殘疾，大夫監回答說這世間即便雙目失明、雙足癱瘓者，他都能
妥為治療，讓其康復，肥後國內所有神明，無不聽命於他！接著便
說將於本月某日前來迎娶，臨別之際忽想應有詩相奉，思索一會兒
後，遂吟出頗具滑稽之趣的此處這首詩，還自己說這首詩做得很不
錯（詩中的「君」即「你」，指玉鬘）。《源氏物語》從第二十二帖「玉
鬘」到第三十一帖「真木柱」這十帖，又稱「玉鬘十帖」。

137

經年累月等待
松樹逐日
長大，期盼
今日能聞黃鶯
鳴囀試初音

☆年月を松にひかれて経る人に今日鶯の初音聞かせよ

toshitsuki o / matsu ni hikarete / furu hito ni / kyō uguisu no / hatsune
kikase yo

譯者說：此詩選自《源氏物語》第二十三帖「初音」，由小說中人物明石夫人所書。本帖敘述元旦之日，三十六歲的光源氏來到六條院訪諸位女主人，來到明石小女公子處。住在冬殿的明石夫人（光源氏流放到須磨時所遇的前播磨國守女兒，兩人結緣生下明石小女公子），特地送來種種物品給光源氏太政大臣。又在一枝五葉松上添附一隻人工黃鶯，並繫一信，信中即附書了此首詩，意謂希望女兒明石小女公子寫回信給她，期盼聽到出谷黃鶯的第一聲鳴囀（「初音」）。日文中「松」（まつ：matsu）與「等待」（待つ：matsu）同音，是雙關語。

138

思君君不知
我情之深，它們的
顏色被隱藏在底下——
從岩石間溢出的水
是沒有顏色的……

☆思ふとも君は知らじなわきかへり岩漏る水に色し見えねば
omou tomo / kimi wa shiraji na / wakikaeri / iwa moru mizu ni / iro shi mieneba

譯者說：此詩選自《源氏物語》第二十四帖「蝴蝶」，是小說中的人物柏木中將（時年約二十、二十一歲）寫在寶藍色的唐土紙上，送給他所愛慕、時年二十二歲的女子「玉鬘」（光源氏——時年三十六歲——的養女）。柏木是內大臣（即前述之頭中將、權中納言、右大將，光源氏小時起的友人與競爭對手）之子，但柏木不知玉鬘與他兩人其實是同父異母、不能結合的姊弟，所以寫了這首深情之詩給她。因為本帖這首詩，柏木又有「岩漏る中將」（岩溢中將）之稱。

139

> 螢火蟲情火熱燃，
> 但你聽不到它的
> 鳴叫聲——你能撲滅
> 這無聲的火焰，撲滅人
> 心中的愛火嗎？

☆鳴く声聞こえぬ虫の思ひだに人の消つには消ゆるものかは
naku koe mo / kikoenu mushi no / omoi dani / hito no ketsu niwa /
kiyuru mono kawa

譯者說：此詩選自《源氏物語》第二十五帖「螢」，由小說中人物
「螢兵部卿宮」對時年二十二歲的玉鬘吟出。光源氏時年三十六歲，
「螢兵部卿宮」是他的弟弟。五月某個夜晚，「螢兵部卿宮」為追求
光源氏養女玉鬘，特來訪她，光源氏故意將許多螢火蟲包好，而後
突然將它們放出，大放光明，讓「螢兵部卿宮」窺見玉鬘的容貌。
「螢兵部卿宮」被這浪漫的氛圍，被這超凡脫俗的螢光照射下的畫面
深深感動，乃對玉鬘吟誦出此首短歌。

140

　　螢火蟲燃燒自己
　　發光，而不發聲——
　　沉默有時會比
　　言語透露出
　　更深刻愛意

☆声はせで身をのみ焦がす螢こそ言ふよりまさる思ひなるらめ
koe wa sede / mi o nomi kogasu / hotaru koso / iu yori masaru / omoi
narurame

譯者說：此詩選自《源氏物語》第二十五帖「螢」，由時年二十二歲
的玉鬘吟出，是對光源氏的弟弟「螢兵部卿宮」贈她的上面一首短
歌的答覆。

141

    有誰會到山中的

    荒籬，尋訪

    像我這樣

    卑微的撫子花

    出生的根源？

☆山賤の垣ほに生ひし撫子のもとの根ざしを誰れか尋ねむ

yamagatsu no / kakio ni oishi / nadeshiko no / moto no nezashi o /
tare ka tazunen

譯者說：此詩選自《源氏物語》第二十六帖「常夏」，由時年二十二
歲的玉鬘吟出。玉鬘是內大臣（頭中將）在外與女子「夕顏」所生
之女，被光源氏「搶」去做養女，她當然很希望不知情的內大臣能
照料她並憶起她的亡母。「撫子」另有孩子之意，喻玉鬘；「荒籬」、
「根源」指撫子出生處，喻其母夕顏；「有誰」指內大臣。「撫子」
中文稱瞿麥或石竹外，另有一別名是「常夏」，即本帖之名。

142

> 與愛情同屬一類的
> 篝火，燃燒
> 出來的煙，拒絕
> 離開此世——看，
> 火焰依然在這裡！

☆篝火にたちそふ恋の煙こそ世には絶えせぬ炎なりけれ

kagaribi ni / tachisou koi no / keburi koso / yo niwa taesenu / honō

narikere

譯者說：此詩選自《源氏物語》第二十七帖「篝火」，由時年三十六歲的光源氏對其「養女」玉鬘（時年二十二歲）吟出。本帖描述初秋時，光源氏頻頻造訪玉鬘，教她彈琴，兩人枕琴而臥。光源氏心想如此純真的並臥，普天之下恐無其他例。夜已深，他坐起身來準備回去，庭前幾處篝火已漸熄，光源氏讓人再把火點燃起來。火光映照著玉鬘，姿態格外艷人。光源氏摸摸她的頭髮，覺得又滑又潤，遂情不自禁吟詠出此處這首詩贈玉鬘，並問她說火焰什麼時候可以消，情火潛藏在心底很難熬啊。玉鬘聽了，覺得這話有些奇怪，便回以底下之詩——

如果篝火與你
心中的情火
燒出來的煙相同，
它的去向應該是
消失於空中……

☆行方なき空に消ちてよ篝火のたよりにたぐふ煙とならば（玉
鬘）

yukue naki / sora ni kechite yo / kagaribi no / tayori ni tagū / kemuri
to naraba

143

即便在風狂
雲亂之夜，
我忘不了
片刻難忘的
你！

☆風騒ぎむら雲まがふ夕べにも忘るる間なく忘られぬ君
kaze sawagi / murakumo magau / yūbe nimo / wasururu ma naku /
wasurarenu kimi

譯者說：此詩選自《源氏物語》第二十八帖「野分」（「颱風」之意），
是光源氏之子夕霧（時年十五歲）寫給他所戀慕的、與他一起長大
的表姊「雲居雁」（時年十七歲）之詩。本帖描述光源氏三十六歲時
八月之事。首段提到了古來讓騷人雅士熱議的「春秋優劣之爭」，說
「秋好中宮」庭前，今年秋花比往年益加出色。同樣一種花此處所見
特別妍麗，朝露、夕露的光彩皆異於尋常，熠熠閃爍如珠玉。大家
看了這人造的秋景，一時又忘了春山之美。古來為秋景按讚者似乎
較多，先前讚美紫夫人園中春花的人們，如今又回頭歌讚秋好中宮
的秋院。颱風恰好來襲，眾美麗秋花被吹得枯落一地，草上露像碎
玉般散落，秋好中宮閉居室內，掛念庭中秋花，歎息傷悲。而忠實
的夕霧，每天到外祖母所在的三條邸與父親所居的六條院問候，颱
風天亦不例外。外祖母欣喜他在狂風肆虐之際來探望，聽了一夜狂
風聲的夕霧心中甚感淒涼，他戀戀不忘的那人——雲居雁——現已
不住此處。在伴隨父親巡訪其諸多女眷後，他忽想起今晨應該寫一
封信。他來到明石小女公子處，向他們借了硯台和紙，便在其上寫
了此處這首詩及一封信，託隨從交給雲居雁。

144

唐衣之後
又是唐衣、
唐衣，一遍
又一遍——
總是唐衣！

☆唐衣又から衣からころもかへすかへすもから衣なる
karagoromoa / mata karagoromo / karagoromoa / kaesugaesu mo /
karagoromo naru

譯者說：此詩選自《源氏物語》第二十九帖「行幸」。本帖寫到時年
三十七歲的光源氏，春天二月時要為玉鬘（時年二十三歲）舉行「著
裳儀式」，並把她生世實情告訴她親生父親內大臣（頭中將），且讓
內大臣為玉鬘行繫腰帶之事。二條院東院內的幾位夫人自知無緣參
與盛會，都低調不作聲。只有頗具古人風範、有儀式絕不錯過的末
摘花，按陳規贈送了禮服，且在衣袖上題了她每次總吟詠的「唐衣」
（唐裝）此一主題之詩。此處所選是光源氏所寫，嘲弄末摘花、頗富
喜劇趣味的一首「醒目」的詩，讓人聯想到美國女作家斯坦因
（Gertrude Stein，1874-1946）1913 年〈神聖的愛密麗〉（Sacred
Emily）一詩中的名句——「玫瑰就是玫瑰就是玫瑰就是玫瑰」（Rose
is a rose is a rose is a rose.）。

145

> 恨啊，一直到你披
> 華裳之日，你才像被
> 藏在岩岸許久的
> 海女，現身跳入海中
> 採美麗的海藻……

☆恨めしや沖つ玉もをかづくまで磯がくれける海人の心よ

urameshi ya / okitsu tamamo o / kazuku made / isogakure keru / ama no kokoro yo

譯者說：此詩選自《源氏物語》第二十九帖「行幸」，是玉鬘的親生父親內大臣（頭中將）在玉鬘「著裳儀式」之日所吟。當天，他一早就來到現場，看到儀式的規模超乎尋常，座位華麗，美宴豐盛。他很想與女兒交談，但今宵恐怕不太適合。替她繫腰帶時，他露出悵然的神情。光源氏請他裝作不知內情貌。內大臣舉杯答謝共飲，然後說光源氏隆厚的情誼讓他無限感激，但將此事隱瞞至今，實令其不得不恨！接著就吟誦出此處這首詩。日文原詩中「玉も」（たまも：tamamo）可解為「玉藻」（美麗的海藻；「玉」：たま，是美稱）或「玉裳」（美麗的衣裳、華裳）。かづく（kazuku），可解為「跳入」、「潛水」或「披」、「穿」。都是雙關語。

146

我的淡紫藤袴和

你的一樣，都被同

田野的露水沾濕了──

請君憐憫我，

對我好一些些……

☆同じ野の露にやつるる藤袴あはれはかけよかことばかりも

onaji no no / tsuyu ni yatsururu / fujibakama / aware wa kakeyo /
kagoto bakari mo

譯者說：此詩選自《源氏物語》第三十帖「藤袴」，由小說中人物、時年十六歲的夕霧對玉鬘（時年二十三歲）吟出，表達他對她的愛意，希望她憐惜他，能善待、回應他，即便隻言片語。藤袴（ふぢばかま：fujibakama）花，又名紫蘭、蘭草（中國又叫佩蘭），花色近紫藤色，花瓣形如袴（同「褲」字），因以名之，是日本「秋之七草」之一。當時他們正為過世的太君（他的外祖母，她的祖母）服喪。灰紫色的紫袴與灰色喪服顏色接近，暗示兩人根源出於同一田野。在本帖中，夕霧拿了一枝美麗的藤袴，塞進簾內，對玉鬘說她也有緣分瞧一下這花。玉鬘伸手取花時，夕霧趁機拉住她衣袖，送給她這首詩，雖然玉鬘對他的示愛依舊不為所動。

147

> 我熟習、鍾愛的
> 真木柱啊，此際
> 我不得不離開
> 這個家了——臨別
> 留言：莫相忘啊！

☆今はとて宿かれぬとも馴れ来つる真木の柱はわれを忘るな

imawa tote / yado karenu tomo / narekitsuru / maki no hashira wa /
ware o wasuru na

譯者說：此詩選自《源氏物語》第三十一帖「真木柱」，由小說中人物，時年十三、四歲的少女「真木柱」吟出。她是「髭黑大將」所最鍾愛的女公子，但「髭黑大將」疏遠元配夫人（真木柱之母、式部卿宮之女），另娶了時年二十三歲的玉鬘。她不得不離開家，隨母親回其娘家住。臨別時在一張檜皮色紙上寫了這首詩，摺疊起來，用簪端將之塞進這根她平日常倚坐的柱子上。「真木」（まき：maki），中文稱作土杉、羅漢杉、羅漢松的常綠喬木。因為此詩，此女後來被稱為「真木柱」。

178

148

> 花散落，
> 徒留殘枝在——
> 願花香
> 沉入伊人衣袖，
> 芬芳依舊在

☆花の香は散りにし枝にとまらねどうつらむ袖に浅くしまめや
hana no ka wa / chiri ni shi sode ni / tomaranedo / utsuran sode ni /
asaku shima me ya

譯者說：此詩選自《源氏物語》第三十二帖「梅枝」，是小說中人物
槿姬（朝顔，前齋院）寄送給時年三十九歲的光源氏的。本帖中寫
到光源氏和其弟「螢兵部卿宮」正在共賞紅梅，前齋院槿姬派人送
信來，繫在一枝半凋的梅花枝上。隨信送來一隻沉香木箱，內裝兩
個琉璃缽，盛著大粒的香丸。螢兵部卿宮稱讚琉璃缽真美，仔細察
看，見裡面附有此處這首詩。前齋院槿姬此詩或指她已人老珠黃，
花香或者她一向點燃的香的芬芳，應移到年輕佳人身上。

149

　　紫藤花
　　就像少女的
　　袖子──有人
　　疼愛時
　　其色更斑斕

☆たをやめの袖にまがへる藤の花見る人からや色もまさらむ

taoyame no / sode ni magaeru / fuji no hana / miru hito kara ya / iro
mo masaran

譯者說：此詩選自《源氏物語》第三十三帖「藤裏葉」（意為「藤花
末葉」──藤花枝頂之葉），由時年二十三、四歲的柏木（內大臣的
公子，雲居雁之兄長）所吟。本帖中描寫到四月時藤花盛開，內大
臣叫柏木邀夕霧（光源氏的公子，時年十八歲）來家共宴，此詩即
為酒杯由夕霧手中行至柏木面前時，他舉杯後所吟。宴畢，柏木引
導夕霧至雲居雁（時年二十歲）處。青梅竹馬、一起長大的夕霧與
雲居雁，終於再相會。

150

他厭煩我了嗎……
我看見
綠葉之山顏色
有所變——秋天
已侵近我身了嗎？

☆身に近く秋や来ぬらむ見るままに青葉の山も移ろひにけり
mi ni chikaku / aki ya kinuran / miru ma ni / aoba no yama mo /
utsuroinikeri

譯者說：此詩選自《源氏物語》第三十四帖「若菜上」，由光源氏夫
人紫之上吟出。本帖描繪光源氏三十九歲十二月至四十一歲三月之
事，寫到已退位多年的朱雀院（帝）一心想出家，但放心不下年紀
尚小才十三、四歲的三公主——他最鍾愛的女兒。他後來決定把三
公主託付給光源氏。三公主（時年十四、五歲）在光源氏四十歲那
年的二月下嫁給他，頗讓一向是光源氏「最愛」的紫之上有點不習
慣，雖然三公主並非光源氏眼中的完美對象。吟此詩時，紫之上
三十一歲，相對於年紀彷彿春天「若菜」（嫩菜）的三公主，她難怪
會感覺秋天已近己身。日文「秋」（あき：aki）與「厭き」（厭煩之意）
同音，是雙關語。

151

　　那是我們的
　　誓約：來世——
　　一如今生——心與心
　　相連如蓮葉上
　　並置的兩顆露珠

☆契をかむこの世ならでもはちす葉に玉ゐる露の心へだつな
chigiri okamu / kono yo narade mo / hachisuha ni / tama iru tsuyu no
/ kokoro edatsu na

譯者說：此詩選自《源氏物語》第三十五帖「若菜下」，由時年
四十七歲的光源氏吟出。此年四月，紫夫人病危，後受戒。六月
時，蓮花盛開。紫夫人身體略有康復。光源氏此詩乃對紫夫人（時
年三十九歲）此際所吟「我生之長或不及蓮葉上露珠」的一首贈詩
之答覆。

152

我將如煙般
行方不明地升向
天空——但仍
留在我的思念
所在的地方……

☆行方なき空の煙となりぬとも思ふあたりを立ちは離れじ

yukue naki / sora no keburi to / narinutomo / omou atari o / tachi wa
hanareji

譯者說：此詩選自《源氏物語》第三十六帖「柏木」，由時年
三十二、三歲的柏木寫成。在前一帖中，柏木升為中納言，與朱雀
院二公主「落葉宮」成親，但後又與三公主（時年二十一、二歲）
幽會，並因此戀抑鬱成疾。本帖一開始即寫因病離落葉宮回到父親
家的柏木，病情嚴重。他寫了一封長信給三公主，附詩說即便他離
開這世界，他對她的思念將仍如煙徘徊於葬禮柴堆上。三公主讀信
後悲傷地回詩說，她也想化作煙跟他一起離去，看看是誰對誰如煙
的思念持續得更久。柏木讀覆函後悲不自勝，有氣無力地寫了此處
這首詩回覆三公主。

153

> 葎草叢生
> 露水重。家屋
> 荒廢，笛音不變：
> 一如和鳴的
> 秋天的蟲聲……

☆露しげきむぐらの宿にいにしへの秋に変はらぬ虫の声かな
tsuyu shigeki / muguranoyado ni / inishie no / aki ni ka haranu /
mushi no koe kana

譯者說：此詩選自《源氏物語》第三十七帖「橫笛」，由二公主「落葉宮」的母親（「一條御息所」老夫人）吟出。本帖寫到光源氏之子「夕霧大將」（時年二十八歲），在秋天時訪柏木遺孀「落葉宮」。「落葉宮」的母親老夫人贈夕霧以柏木遺留之橫笛。見到老友生前不離身的寶貴遺物，夕霧悲從中來，試吹了一下。簾後聞笛音的老夫人乃詠出此詩。

154

我雖知秋天大概是

一個愁苦的季節，

但只要鈴蟲的

鳴聲在，我

不輕言捨棄秋天！

☆大方の秋をば憂しと知りにしをふり捨てがたき鈴虫の声

ōkata no / aki oba ushi to / shiri nishi o / furisute gataki / suzumushi
no koe

譯者說：此詩選自《源氏物語》第三十八帖「鈴蟲」，由時年
二十三、四歲已落髮為尼的三公主吟出。當時為八月十五夜，光源
氏（時年五十歲）訪殿內秋草已整頓並令放養蟲兒的三公主所居三
條院邸。明月尚未升起時，三公主到佛堂前誦讀經文。來訪的光源
氏嘆說蟲聲真繁密，也低聲念起經來。眾蟲聲中，鈴蟲鳴聲雖隨處
可聞，但宛如搖鈴，格外動人。三公主乃低聲吟誦出此詩。日語
「鈴虫」（すずむし：suzumushi），中文又稱為「金鈴子」、「金鐘兒」
的昆蟲。

155

被荻原上你簷前
沾滿露水的荻花
沾濕衣袖——
我在八重的迷霧中
摸索歸路……

☆荻原や軒端の露にそぼちつつ八重立つ霧を分けぞ行くべき
ogihara ya / nokiba no tsuyu ni / sobochitsutsu / yae tatsu kiri o /
wake zo yukubeki

譯者說：此詩選自《源氏物語》第三十九帖「夕霧」，由時年二十九
歲的夕霧吟出。被視為《源氏物語》中最循規蹈矩、好好先生、正
人君子，幾乎無任何「不良紀錄」的夕霧大將，在本帖中居然也起
不倫之念，瞞著夫人雲居雁（時年三十一歲），至小野夜晤來此陪被
妖怪附身的母親療病的二公主「落葉宮」（夕霧好友柏木的遺孀）。
他苦苦示愛、求愛，但落葉宮仍堅守防線，夕霧只好在重重晨霧、
晨露中迷茫而歸。此種拂曉偷歸的行為，是夕霧前所未有的，他覺
得頗新鮮有趣，雖然有些辛苦。荻（おぎ：ogi），多年生草本植
物，似蘆葦，生長於水邊溼地或原野，葉細長，秋天抽銀白色花
穗。

156

懷念當年秋夜中
對你面影短暫
一瞥，今日見你
臨終容顏
如在黎明夢中……

☆いにしへの秋の夕べの恋しきに今はと見えしあけぐれの夢
inishie no / aki no yūbe no / koishiki ni / ima wa to mieshi / akegure
no yume

譯者說：此詩選自《源氏物語》第四十帖「御法」，由光源氏與正室
葵夫人（「葵之上」）的兒子夕霧大將獨吟出。此詩寫他對紫夫人的
懷念。本帖故事中人物當時年齡——夕霧三十一歲，光源氏五十二
歲，紫夫人四十四歲。本帖中，夕霧回憶往事，那年秋夜中窺見的
紫夫人面影，實在動人難忘。此次瞻仰其遺容，忽覺如夢一般，不
勝悲傷，淚流如雨，接著吟出此處這首詩，深深思念感慨。

157

> 我只能以淚
> 送孤寂的夏日，
> 蟲鳴哀哀，
> 那也是你們
> 哭泣的藉口嗎？

☆つれづれとわが泣き暮らす夏の日を託言がましき虫の声かな

tsurezure to / waga naki kurasu / natsu no hi o / kagoto ga mashiki / mushi no koe kana

譯者說：此詩選自《源氏物語》第四十一帖「幻」，由時年五十二歲的光源氏吟出。此階段的光源氏因為思念紫夫人，追懷往事，每日在寂寥、傷感中度過。盛暑時，光源氏在涼處設一座位，一人獨坐沉思。見池中蓮花盛開，遂茫然失神，不覺間已日暮，蟲鳴聲四起，夕照中撫子花甚是可愛，但獨賞實在乏味，遂吟出此詩。《源氏物語》在第四十一帖「幻」之後，有一唯有帖名而無內文的「雲隱」，之後是第四十二帖「匂宮」——第四十一、四十二兩帖之間，相隔約八年，光源氏也在這期間去世。

158

　　要向誰問

　　為何

　　我不知

　　我身何始、

　　何終？

☆おぼつかな誰れに問はましいかにして初めも果ても知らぬわ
が身ぞ

obotsukana / dare ni toi wa mashi / ikani shite / hajime mo hate mo
shiranu wagami zo

譯者說：此詩選自《源氏物語》第四十二帖「匂宮」（匂親王），由
小說後半部主人公之一、時年十四歲的「薰君」（薰中將）吟出。薰
君的母親是三公主，名義上他是光源氏的幼子，實際上是三公主和
柏木私通所生。此詩顯現薰君對自己出生之真相感到懷疑與好奇。
本帖描寫薰君從十四歲到二十歲時之事。

159

我如果為尋

花香，到了

人家屋子──

人們可能責備我

是好色之徒！

☆花の香を匂はす宿に訪めゆかば色にめづとや人の答めむ

hana no ka o / niowasu yado ni / tomeyukaba / iro ni mezu to ya / hito
no togamen

譯者說：此詩選自《源氏物語》第四十三帖「紅梅」，由小說後半部
主人公之一、時年二十五歲的「匂宮」（匂親王）吟出（「薰君」則
時年二十四歲）。已故的柏木之弟──時任按察大納言的「紅梅大納
言」──與再嫁的現任夫人「真木柱」（時年四十六、七歲；前夫螢
兵部卿宮已亡故）生有兩個女兒，皆極出色。他將大女兒（十七、
八歲，後稱「麗景殿女御」）嫁給皇太子，而想把小女兒嫁給匂宮。
本帖中「紅梅大納言」獻紅梅給匂宮，又贈紅梅之歌給他，說他家
中梅花（指小女兒）若得匂宮袖拂，芳名定能更高。但匂宮更喜歡
紅梅大納言的繼女──真木柱與前夫所生之女──所以答以此處這
首不甚熱情之詩。

160

安得廣大
遮天衣袖，
庇天下櫻花
免遭風吹落
香散一地？

☆桜花匂ひあまたに散らさじとおほふばかりの袖はありやは

sakurabana / nioi amata ni / chirasaji to / ōu bakari no / sode wa ari ya
wa

譯者說：此詩選自《源氏物語》第四十四帖「竹河」，由本帖裡以弈
棋勝負賭家中櫻花樹屬誰的玉鬘（時年四十八歲）兩女兒（時年
十八、九歲）中輸方的女孩（姊姊馴君）所吟出。勝方的女孩（妹妹）
走下庭院，來回撿拾了櫻花樹下的落花，吟詩說花雖落風塵，但是
她的財產，她應該撿藏起來。其姊則笑其妹太小心眼，回以此處這
首詩。此詩讓人聯想到杜甫（712-770）〈茅屋為秋風所破歌〉中之
句「安得廣廈千萬間，大庇天下寒士俱歡顏……」，日本第二本敕撰
和歌集《後撰和歌集》（約957年編成）卷二「春歌」裡的無名氏短
歌「願得遮天／蔽日大袖，／不讓盛開的／櫻花／任風吹走」（大空
に覆ふばかりの袖もがな春咲く花を風に任せじ），以及日本禪僧
良寬（1758-1831）的和歌「安得廣闊／黑色／僧衣袖，／大庇／滿
山紅葉／免凋零」（墨染めの我が衣手のゆたにありせばあしびきの
山の紅葉ぢ覆はましもの）。「竹河」是平安時代初期流行的「催馬
樂」歌謠之一。「催馬樂」是以唐樂為旋律的日本古代民歌，「竹河」
是在男踏歌會中唱的催馬樂。本帖描寫薰君從十四歲到二十三歲時
之事。

161

　　當我思刺探

　　橋姬秘密的心，

　　船夫的槳掠過

　　淺灘，濺起水滴

　　滴濕了我的衣袖……

☆橋姫の心を汲みて高瀬さす棹のしづくに袖ぞ濡れぬる

hashihime no / kokoro o kumite / takase sasu / sao no shizuku ni /

sode zo nurenuru

譯者說：此詩選自《源氏物語》第四十五帖「橋姬」，由時年二十二
歲的薰氏君吟出。從第四十五帖「橋姬」到第五十四帖「夢浮橋」
這最後十帖，又稱作「宇治十帖」，因主要人物是薰君、勻宮以及
「宇治八親王」（光源氏之異母弟）的三個女兒。橋姬，指鎮坐於宇
治橋下之女神；詩中用以比擬八親王的女公子。水滴則為（欣喜有
所悟而流的）淚水之喻。

162

> 深山松葉上的
> 雪，消失又
> 重積——啊，他
> 如果能像松雪
> 重生就好了！

☆奧山の松葉に積もる雪とだに消えにし人を思はましかば

okuyama no / matsuba ni tsumoru / yuki to dani / kienishi hito o / omowamashikaba

譯者說：此詩選自《源氏物語》第四十六帖「椎本」（意為「柯樹之根」，比喻居士修行處），由八親王的次女（「中君」）吟出，是歲暮時與其姊（「大君」）懷念去世不久的父親時所吟誦的。附近山寺中的阿闍梨，派法師送來木炭等物，兩姊妹回贈綿衣供阿闍梨閉關時禦寒。法師和童子等人辭別後，跋涉過深雪回山寺，忽隱忽現，兩姊妹淚眼目送他們，傷心父親已不在。八親王生前一心向佛，有「不出家的聖僧」之稱，甚獲薰君敬愛，不時來宇治山莊訪他。

163

霜凍的岸上
千鳥聲聲悲鳴
冷光震耀——你
聽到，你知道：
這悲愴的黎明

☆霜さゆる汀の千鳥うちわびてなく音かなしき朝ぼらけかな

shimo sayuru / migiwa no chidori / uchiwabite / naku ne kanashiki / asaborake kana

譯者說：此詩選自《源氏物語》第四十七帖「總角」，由小說中人物二十四歲的薰君吟出。千鳥，中文名為「鴴」之鳥，嘴短而直，只有前趾，沒有後趾，多群居海濱。本帖寫薰君所愛戀的八親王長女「大君」（時年二十六歲），因憂其妹「中君」（時年二十四歲）等待被匂宮迎娶至京都府邸等事心煩得病。十一月時，薰君赴宇治探望病中的大君，夜中，幫忙念經祛病的阿闍梨也在，談及故八親王應已在極樂淨土才對，但前些時候夢見他仍身穿俗世之衣服，請他助其完成往生之志。阿闍梨乃特令僧人們舉行「常不輕菩薩」禮拜。五、六個僧人巡行直至京都，於拂曉寒風中回到阿闍梨所在，以非常尊嚴之聲誦唱偈語，叩首禮拜。妹妹中君掛心其姊，走來探看。薰君正襟危坐問她說聽到那「常不輕」的聲音有何感想？深信佛法的他深感其莊嚴、悲愴，於是便吟誦出此詩。詩中千鳥悲鳴聲彷彿「常不輕」禮拜的誦聲。薰君為大君之病留在宇治，隔不久，不到年底，大君即去世。「常不輕菩薩」是一位修「尊重」行，恒常不輕視他人的菩薩（見《法華經》「常不輕菩薩品」）。

164

> 此花與折它的
> 人的內心相通嗎？
> 在未綻露出的
> 花色下，我感獲
> 一股秘密的香氣

☆折る人の心に通ふ花なれや色には出でず下に匂へる

oru hito no / kokoro ni kayou / hana nare ya / iro niwa idezu / shita ni
nioeru

譯者說：此詩選自《源氏物語》第四十八帖「早蕨」，由時年二十六歲的匂宮對薰君（時年二十五歲）吟出。本帖中寫到「大君」去世後，其妹「中君」悲傷孤獨地生活於宇治山莊。元月時，阿闍梨派人送早春蕨菜給中君（時年二十五歲）。聽說薰君因所戀的大君之死而神情恍惚，中君覺得他對其姊的愛意確然深厚。匂宮準備私下迎娶中君，入住京城二條院邸。正月二十日，宮中舉行過詩文宴饗後，薰君心事滿懷，無處可訴，遂過訪匂宮。暮色中，匂宮一邊彈箏，一邊欣賞紅梅的芳香。薰君折了一枝梅花，走進室內，香氣芬馥。匂宮不禁興起詠出此處這首詩——意指薰君內心愛戀著中君，卻不露聲色。薰君要匂宮不要胡說，連忙答以底下之短歌——

倘知我無意中看見
花，折枝奉芬芳，
竟遭人非難——
我早該用心
將其摘為己有！

☆見る人に託言寄せける花の枝を心してこそ折るべかりけれ
（薫君）

miru hito ni / kagoto yosekeru / hana no e o / kokoro shite koso /
orubekarikere

165

孤獨啊，
承載著露水、逕自
枯萎的花朵──
然而更孤獨的是
猶在其上的露水

☆消えぬまに枯れぬる花のはかなさにおくるる露は猶ぞまされ
る

kienu ma ni / karenuru hana no / hakanasa ni / okururu tsuyu wa / nao
zo masareru

譯者說：此詩選自《源氏物語》第四十九帖「宿木」（意即「寄生植
物」），由中君（時年二十五歲）吟出。本帖為倒敘，描述薰君
二十四歲至二十六歲事。薰君二十四歲夏天時，皇上屢暗示願召他
為二公主駙馬，薰君並無即刻從命之意。他想此非其心中之願。先
前大君勸他娶中君，夕霧大將要把六女公子嫁給他，他都婉拒了。
薰君二十五歲五月時，匂宮妻子中君懷孕了。夕霧大將（時年
五十一歲）正籌備六女公子與匂宮婚事。八月時，中君從別處聽到
匂宮與六女公子結婚日期，怨恨匂宮沒告訴她，覺其無情。薰君聞
此事，深憐中君。一晚薰君失眠至清晨，見曉霧籠罩籬內，群花美
艷開放，遂摘了幾朵朝顏（牽牛花），於晨光中來到二條院，將露水
猶在的朝顏連同一詩贈予中君。中君見了覺頗富意趣，那牽牛花是
帶著露水而枯萎的，乃答以此處這首詩（詩中以露自比）。薰君贈中
君詩（以露比大君）如下──

197

我彷彿看見
與花上白露的
誓約——要
眷顧與它
親近的朝顏花

☆よそへてぞ見るべかりける白露の契りかおきし朝顔の花（薫
君）

yosoete zo / mirubekarikeru / shiratsuyu no / chigiri ka okishi / asagao
no hana

166

清水依然奔流
不絕，它們難道
不能映現
那些已逝者的
面影嗎？

☆絶え果てぬ清水になどか亡き人の面影をだにとどめざりけむ
taehatenu / shimizu ni nado ka / naki hito no / omokage o dani /
todomezariken

譯者說：此詩選自《源氏物語》第五十帖「東屋」，由時年二十六歲
的薰君吟出。「宇治三姊妹」中年紀最小的「浮舟」（時年二十三歲）
於前一帖「宿木」中首度出場，八親王的元配在生中君後去世，他
後來與元配姪女——他家中侍女——生下了浮舟，卻不重視她們。
浮舟之母後嫁給常陸守，浮舟也不被看重，雖然姿色、氣質皆甚
佳。前一帖寫到四月賀茂祭後二十幾日，薰君為佛堂修建事來到宇
治。他窺見了恰也來此借宿的浮舟，覺其優雅可愛，且相貌酷似已
故的大君。回憶前塵，薰君不禁落淚，想必是宿世之緣，決意不輕
易放過此佳人。浮舟之母寫信給中君，請她暫時收容異母妹浮舟。
浮舟搬來二條院西廂暫住。薰君託老尼辨君向浮舟母表示對其女求
愛之意。一天，薰君來到二條院，浮舟之母細觀之，覺得是高雅非
凡之人。而匂宮偶然發現住在他家的浮舟，強迫她與其幽會不果。
浮舟母叫她移居到三條附近自家簡陋的「東屋」。九月時薰君從老尼
辨君處得知浮舟藏身處，前往「東屋」訪之，與她有一夜之情。翌
日，他偕浮舟直赴宇治，與她恩愛兩日後回京，將浮舟暫安置於宇
治。薰君未與浮舟有肌膚之親前，曾前往宇治察看為大君所建的佛

堂，見佛堂優雅，山鄉景緻別有意趣，但久未到訪，屋易人非，薰
君坐在溪畔，觸景生情，即興詠出此處這首詩。

橘之小島的顏色
經年累月不變——
但我這水上
浮舟，不知自己的
去向在何方……

☆橘の小島の色は変はらじをこの浮舟ぞ行方知られぬ

tachibana no / kojima no iro wa / kawaraji o / kono ukifune zo / yukue
shirarenu

譯者說：此詩選自《源氏物語》第五十一帖「浮舟」，由時年二十二歲的浮舟吟出。本帖描述薰君二十七歲時之事。正月初一，匂宮（時年二十八歲）拆閱浮舟寫給中君之信，知其消息。他趁夜色前往宇治，喬裝為薰君，浮舟察覺來者非薰君，十分驚慌，但仍與匂宮仍發生了肌膚之親。看慣了始終文雅的薰君，眼前這多情瀟灑的匂宮竟讓她片刻不見便覺心焦。二月初，薰君赴宇治探望浮舟，告訴她為其在京城建的新屋即將竣工。此月十日左右，宮中舉行詩文會，匂宮與薰君皆出席，次日匂宮再赴宇治，伴浮舟遊「橘之小島」——此島形似一巨大岩石，其上生長許多常青橘樹。匂宮對浮舟說這些橘樹雖微物，但其綠千年不變，遂詠出一詩。浮舟聞後，有感而回以此處這首詩（詩中「浮舟」既指船又指人）。匂宮所詠詩如下——

指橘之小島的
凸角為誓──
我心如這些
常青橘樹
千年永不變

☆年経とも変はらむものか橘の小島の崎に契る心は（匂宮）
toshiu tomo / kawaran mono ka / tachibana no / kojima no saki ni /
chigiru kokoro wa

看到它在那裡，

伸手，以為抓到了，

攤開手，它卻又

消失了，蜉蝣——

不知去向⋯⋯

☆ありと見て手にはとられず見ればまた行方も知らず消えしかげろふ

ari to mite / te niwa torarezu / mireba mata / yukue mo shirazu / kieshi kagerō

譯者說：此詩為《源氏物語》第五十二帖「蜻蛉」裡十一首和歌中的最後一首，由薰君吟出。本帖描繪了浮舟（時年二十二歲）、薰君（二十七歲）、匂宮（二十八歲）間，隱密而糾葛的三角戀。薰君愛戀浮舟，將她藏在宇治山莊，想等候適當時機接她來京同居；匂宮也為她燃起熾烈的戀火，偷偷地橫刀奪愛。而苦悶、憂愁多時的浮舟一日早晨突然失蹤了，大家認定她已投水自盡，匆匆為其舉行葬禮。薰君與匂宮雖都因難忘浮舟而異常悲傷，但風流的匂宮依然不時向別的女子求愛，而薰君也暗戀上了大公主身邊的「小宰相君」。此處這首詩為薰君在暮色蒼茫之際，回憶與浮舟不可思議的短暫因緣，惆悵、感傷中所吟出。他深覺世事無常彷彿蜉蝣，若隱若現卻難捉摸！日文原詩中的「かげろふ」（kagerō），有兩意——其一「蜉蝣」，其二「蜻蛉」（即蜻蜓）。此處中譯採大多數學者「蜉蝣說」主張。蜉蝣歷來被視為短命、無常的象徵。所以本帖名「蜻蛉」，指的是與其同音的「蜉蝣」，而非蜻蜓。

169

我為了找尋
等待我的
松蟲之聲而來，
卻迷途於
荻原的露水中……

☆松虫の声を訪ねて来つれどもまた荻原の露に惑ひぬ

matsumushi no / koe o tazunete / kitsuredo mo / mata ogihara no /
tsuyu ni madoinu

譯者說：此詩選自《源氏物語》第五十三帖「手習」（「習字」之意）。
本帖描繪橫川僧都等人於春日樹下發現時年二十二歲、瀕臨死亡的
浮舟，將她救回小野。秋天時，先前春日時認領浮舟的五十餘歲的
妹尼僧等前來慰問浮舟。妹尼僧從前的女婿中將，因為愛慕、想守
護浮舟，而來到小野。此詩即是由中將對其所戀慕的浮舟所吟出。

尋訪法師
求佛道,
豈知山中
迷途,誤踏入
愛情歧路

☆法の師と尋ぬる道をしるべにて思はぬ山に踏み惑ふかな
norinoshi to / tazunuru michi o / shirube nite / omowanu yama ni /
fumimadou kana

譯者說:此詩為《源氏物語》最後一帖、第五十四帖「夢浮橋」中
唯一一首和歌,也是全書最後一首。本帖寫薰君二十八歲五月之
事。帖名「夢浮橋」在本帖文字中並未出現,或許作者認為人生如
夢,而小說或戲又如人生,想將此一長篇故事以本帖名相比擬──
所有經歷過(或未經歷過)的榮華、花月、愛恨、悲喜……都只是
一段夢中浮橋。「夢浮橋」三字激發了後世許多創作者創作了以之為
意念的各類文學與藝術作品。本帖中,薰君到橫山向僧都探詢薰君
所愛的浮舟,證實她隱於小野山鄉,當了僧都弟子。長久以為已故
之人居然還活著,讓薰君異常震驚,恍如做了一場夢。他派浮舟之
弟小君前去探問浮舟。浮舟隔簾窺視自己決心投川那夜最念念不捨
的小弟,憶起兩人童年和睦情感,彷彿在夢中。轉念想到自己已削
髮為尼,不宜再與親人相見。妹尼僧把小君帶來的薰君信拆給浮舟
看。信中說「你過去做了許多不可言喻之不妥事,我看在僧都面
上,一概原諒。現在我只想和你談談夢一般的往事,心甚著
急……」,信中即附此詩。但浮舟覺得自己已非昔日的自己,堅
持將信退回,不想再被薰君看到。本帖又名「法師」即因薰君此詩。

和泉式部

Izumi
Shikibu

和泉式部（86首）

　　和泉式部（Izumi Shikibu，約974-約1034），平安時代中期女歌人，是「中古三十六歌仙」、「女房三十六歌仙」之一。越前守大江雅致之女，十九歲時嫁給比她年長十七歲的和泉守橘道貞為妻，次年生下女兒小式部。不久進入宮內，仕於一條天皇的中宮彰子，與為尊親王、敦道親王兄弟先後相戀，後嫁於丹後守藤原保昌。她為人多情風流，詩作感情濃烈，自由奔放，語言簡潔明晰，富情色亦富哲理，是日本詩史上重要女詩人。她的短歌鮮明動人地表現出對情愛的渴望。與謝野晶子1901年出版的短歌集《亂髮》，書名即源自此處譯的第二首和泉式部的短歌。她另有著名的《和泉式部日記》，記述其於為尊親王去世後，與敦道親王相戀的愛情故事，當中綴入了短歌。她與敦道親王生有一子永覺。和泉式部處於日本和歌史上以《拾遺和歌集》（約1007年編成）為代表的時期，也是物語、日記與隨筆文學盛行，女性作家輩出的年代。她與《枕草子》作者清少納言，《源氏物語》作者紫式部並稱平安時代「王朝文學三才媛」。女兒小式部內侍亦擅短歌，亦為「女房三十六歌仙」之一，1025年在生產時驟逝，令和泉式部極感悲傷。在從《古今和歌集》（905）至《新續古今和歌集》（1439），五百多年間編成的二十一部敕撰和歌集（「二十一代集」）中，和泉式部有二百四十六首歌作入選，是名實合一的日本「王朝時代」首屈一指的女歌人。有私家集《和泉式部集》、《和泉式部續集》，合起來歌作逾一千五百首。

171

　　我從黑暗處

　　進入更

　　黑暗的道路──

　　山脊上的月啊，

　　請遙遙照我……

☆暗きより暗き道にぞ入りぬべきはるかに照らせ山の端の月

kuraki yori / kuraki michi ni zo / irinubeki / haruka ni terase /
yamanoha no tsuki

譯者說：此詩有前書「送給性空上人」。性空上人是當時天台宗之高
僧。此詩以「雅致女式部」之名被選入《拾遺和歌集》，推斷是和泉
式部二十幾歲時之作，是她第一首被選入敕撰和歌集的歌作。《法華
經》有「長夜增惡趣，減損諸天眾，從冥入於冥，永不聞佛名」之
句，則「山脊上的月」可視為佛教所說的「真如之月」──如明月
照暗夜，破眾生之迷的真如之理。

172

　　獨臥，黑髮
　　亂如思緒，
　　我渴望那
　　最初
　　梳它的人

☆黒髪の乱れも知らず打臥せばまづかきやりし人ぞ恋しき

kurokami no / midare mo shirazu / uchifuseba / mazu kakiyarishi /
hito zo koishiki

譯者說：此詩被選入《後拾遺和歌集》卷十三「戀歌」，此部敕撰和
歌集選錄了 67 首和泉式部的短歌，為其中最多者。此詩也是近世著
名女歌人與謝野晶子（1878-1942）劃時代歌集《亂髮》（1901）書
名之來源。

173

　　春霧剛升起，
　　就聽見
　　山川流淌過
　　岩石間的
　　潺潺水聲……

☆春霞立つやおそきと山川の岩間をくぐる音聞こゆなり
harugasumi / tatsuya osoki to / yamakawa no / iwama o kuguru / oto
kikoyu nari

譯者說：此詩是《和泉式部集》開頭第一首歌作，被選入《後拾遺
和歌集》卷一「春歌」。

174

春日野，
白雪皚皚——
但看啊，
嫩菜
正冒出新芽

☆春日野は雪ふりつむと見しかども生ひたるものは若菜なりけり

kasugano wa / yuki furitsumu to / mishikadomo / oitaru mono wa / wakananarikeri

譯者說：此詩是《和泉式部集》開頭第二首歌作，亦被選入《後拾遺和歌集》卷一「春歌」。

175

　　拔吧，如果你想
　　把我這株女郎花
　　連根拔起——我不想
　　留下落在後面、仍
　　殘存於野地的惡名！

☆根こじにも掘らば掘らなむ女郎花人に後るる名をば残さず
nekoji nimo / horaba horanan / ominaeshi / hito ni okururu / na o ba
nokosazu

譯者說：女歌人此詩似乎是向追求她的男子表明，如果喜歡她就大
膽把她追到手，全心全意愛她，不要三心兩意、不敢行動或見異思
遷、「吃碗內看碗外」！

176

秋霧裡
看不見去向，
我乘的這匹馬
猶豫不決地懸在
一條穿越天空的道路上

☆秋霧に行方も見えずわが乗れる駒さへ道の空に立ちつつ
akigkiri ni / yukue mo miezu / waga noreru / koma sae michi no / sora
ni tachitsutsu

譯者說：此詩讀起來讓人眼睛一亮，頗有二十世紀超現實主義的色
彩。

177

　　甜言蜜語的
　　戀人啊，真希望
　　以你為我枕：請你
　　留在這張我不能
　　成眠的床上吧！

☆語らはむ人を枕と思はばや寝覚の床に在れと頼まむ

katarawan / hito o makura to / omowaba ya / nezamenotoko ni / are to

tanoman

178

竹葉上的
露珠，逗留得
都比你久——
拂曉消失
無蹤的你！

☆晨明におきて別れし人よりは久しくとまる竹の葉の露
shinonome ni / okite wakareshi / hito yori wa / hisashiku tomaru / takenoha no tsuyu

譯者說：此短歌寫春宵苦短，纏綿未已，拂曉別離之痛。日本古代男女幽會，都必須在天亮前分手。此詩被選入《玉葉和歌集》卷十「戀歌」。

179

　　被盛開的梅花香
　　驚醒，
　　春夜的
　　黑暗
　　使我充滿渴望

☆梅が香におどろかれつつ春の夜は闇こそ人はあくがらしけれ
umegaka ni / odorokare tsutsu / haru no yo no / yami koso hito wa /
akugarashikere

譯者說：此詩被選入《千載和歌集》卷一「春歌」。

180

> 但願有個人
> 能看到、聽到
> 暮色中
> 盛開的萩花，
> 夜蟬的鳴聲！

☆人もがな見せむ聞かせむ萩の花咲く夕かげのひぐらしの声

hito mogana / mise mo kikase mo / hagi no hana /
saku yūkage no / higurashi no koe

譯者說：此詩被選入《千載和歌集》卷四「秋歌」。關於「夜蟬」，
請參考本書第 36 首譯詩的譯註。

181

在春天
唯獨我家
梅花綻放，
離我而去的他這樣
起碼會來看它們

☆春はただわが宿にのみ梅咲かばかれにし人も見にと来なまし
haru wa tada / waga yado ni nomi / ume sakaba / karenishi hito mo /
mini to kinamashi

譯者說：此詩被選入《後拾遺和歌集》卷一「春歌」。在此首短歌中，詩人慶幸新綻放的梅花能為她誘來其「花心」、移情別戀的戀人，但在底下這首短歌中，春花的魅力似乎衰退了，應該不是梅花、櫻花有別吧──

182

在我家
櫻花開放
無益：
人們來看的是
他們的情人

☆我が宿の桜はかひもなかりけりあるじからこそ人も見にくれ

waga yado no / sakura wa kai mo / nakarikeri / arujikara koso / hito
mo mini kure

譯者說：此詩被選入《後拾遺和歌集》卷一「春歌」。

183

　　岩間的杜鵑花
　　我摘回觀賞，
　　它殷紅的色澤
　　恰似我愛人穿的
　　衣服的顏色

☆岩躑躅折りもてぞ見るせこが着し紅染の衣に似たれば

iwatsutsuji / orimote zo miru / seko ga kishi / kurenaizome no / kinu
ni nitareba

譯者說：此詩被選入《後拾遺和歌集》卷二「春歌」。

184

被愛所浸，被雨水所浸，
如果有人問你
什麼打濕了
你的袖子，
你要怎麼說？

☆かくばかり忍ぶる雨を人とはば何にぬれたる袖といふらむ

kakubakari / shinoburu ame o / hito towaba / nani ni nuretaru / sode
to iuran

譯者說：此首短歌係和泉式部答某男子者；該男子與她幽會，在大
雨中離去，翌晨寫來一詩，謂遭雨淋濕。此詩被選入《後拾遺和歌
集》卷十六「雜歌」。

185

我把粉紅櫻桃色的
衣服收到一邊，
從今天起
開始等候
布穀鳥的出現

☆桜色に染めし衣をぬぎかへて山郭公けふよりぞまつ

sakurairo ni / someshi koromo o / nugikaete / yamahototogisu / kyō

yori zo matsu

譯者說：此詩被選在《後拾遺和歌集》卷三「夏歌」第一首。

186

放晴已無望，
四下盡是悲傷，
心底的
秋霧升起──
就這樣嗎？

☆晴れずのみ物ぞ悲しき秋霧は心のうちに立つにやあるらむ

harezu nomi / mono zo kanashiki / akigiri wa / kokoro no uchi ni /
tatsu ni ya aruran

譯者說：此詩被選入《後拾遺和歌集》卷四「秋歌」。

187

「深覺生命飽滿，」你說。
但我怎能確信？
這無常的人世
牽牛花最
清楚

☆ありとてもたのむべきかは世の中を知らする物は朝がほの花
ari totemo / tanomubeki kawa / yononaka o / shirasuru mono wa /
asagao no hana

譯者說：此詩被選入《後拾遺和歌集》卷四「秋歌」。

188

我們來到了
盡頭，一切
何其短暫——
露水沾濕這萩花，
多希望你開口要！

☆限あらむ中ははかなくなりぬ共露けき萩の上をだにとへ

kagiri aran / naka wa hakanaku / narinuran / tsuyukeki hagi no / ue o
dani toe

譯者說：和泉式部將此首短歌附於一枝萩花上，送予某人。此詩被
選入《後拾遺和歌集》卷四「秋歌」。

189

雖然我們相識
而我們的衣服
未曾相疊，
但隨著秋風的響起
我發覺我等候你

☆秋風の音につけても待たれつる衣かさぬる中ならねども

akikaze no / oto ni tsukete mo / matare tsuru / koromo kasanuru /
naka naranedomo

190

　　我該不該問？
　　請坦白說出，
　　噢都鳥，
　　告訴我
　　京都之事

☆言問はばありのまにまに都鳥みやこのことを我に聞かせよ

koto towaba / ari no manimani / miyakodori / miyako no koto o /
wartei kikaseyo

譯者說：在往和泉國路上，有一夜，和泉式部聞都鳥鳴囀，因作此
短歌。此詩被選入《後拾遺和歌集》卷九「羈旅歌」。都鳥，又稱百
合鷗、赤味鷗、紅嘴鷗。

228

191

我的思緒隨
輕煙飛上
天際：有一天
我會如是
出現人前

☆立ちのぼる煙につけて思ふかないつまた我を人のかく見む
tachinoboru / kembri ni tsukete / omou kana / itsu mata ware o / hito
no kaku min

譯者說：寫此詩時，和泉式部正隱於一山寺，見有人出葬。此詩被
選入《後拾遺和歌集》卷十「哀傷歌」。

192

快來吧，
這些花一開
即落，
這世界的存在
有如花朵上露珠的光澤

☆とうを来よ咲くと見るまに散りぬべし露と花とのなかぞ世の
中

tō o koyo / saku to miru ma ni / chirinubeshi / tsuyu to hana to no /
naka zo yononaka

193

別假裝了！
你不知是誰，
他卻夜夜
入你夢中。
那人除我無他

☆おぼめくな誰ともなくて宵宵に夢に見えけん我ぞその人

obomeku na / tare tomo nakute / yoiyoi ni / yume ni mieken / waga zo
sono hito

譯者說：此短歌以一男子口吻寫其初訪一女子之事，被選入《後拾
遺和歌集》卷十一「戀歌」。

194

雪自下方融化
為綠草開裂，
多想遇見我
思念的
那不凡之人

☆下消ゆる雪間の草のめづらしく我が思ふ人に逢ひ見てしがな
shita kiyuru / yukima no kusa no / medurasiku / waga omou hito ni /
aimiteshigana

譯者說：此詩被選入《後拾遺和歌集》卷十一「戀歌」。

195

今天，世上
所有的東西
都非凡。
我們的
第一個早晨！

☆世の常の事とも更に思ほえず始めてものを思ふあしたは

yonotsune no / koto tomo sarani / omooezu / hajimete mono o / omou
ashita wa

譯者說：此詩出自《和泉式部日記》，是和泉式部與敦道親王第一次
同寢過夜後，清晨離去的敦道親王寫來短歌後，和泉式部回覆之
作。

196

渴望見到他，渴望
被他見到——
他若是每日早晨
我面對的鏡子
就好了

☆見えもせむ見もせむ人を朝ごとにおきてはむかふ鏡ともがな
mie mo sen / mi mo sen hito o / asa gotoni / okite wa mukau / kagami
to mogana

譯者說：此詩被選入《新敕撰和歌集》卷十四「戀歌」。

197

此心非
夏日野地
然而——
愛的枝葉長得
何其茂密

☆わが心夏の野辺にもあらなくにしげくも恋のなりまさるかな
waga kokoro / natsu no nobe nimo / aranaku ni / shigeku mo koi no /
narimasaru kana

198

　　此心
　　想念你
　　碎成
　　千千片——
　　我一片也不丟

☆君こふる心は千千に砕くれどー もうせぬ物にぞありける

kimi kouru / kokoro wa chiji ni / kudakeredo / hitotsu mo usenu /
mono ni zo arikeru

譯者說：此詩被選入《後拾遺和歌集》卷十四「戀歌」。

子夜
看月，
我好奇
他在誰的村裡
看它

☆さ夜中に月を見つつもたが里に行き留りても眺むらむとは
sayonaka ni / tsuki o mi tsutsu mo / taga sato ni / yukitomarite mo /
nagamuran to wa

200

我耗盡我身
想念那
沒有來的人：
我的心不復是心
如今成深谷

☆いたづらに身をぞ捨てつる人を思ふ心や深き谷となるらむ

itazura ni / mi o zo sutetsuru / hito omou / kokoro ya fukaki / tani to
naruran

201

這世上
並沒有一種顏色
叫「戀」，然而
心卻為其深深
所染

☆世の中に恋といふ色はなけれども深く身にしむ物にぞありけ
る

yononaka ni / koi to iu iro wa / nakeredomo / fukaku mi ni shimu /
mono ni zo arikeru

譯者說：此詩被選入《後拾遺和歌集》卷十四「戀歌」。

202

　　人以身
　　投入愛情
　　如同飛蛾
　　撲向火中
　　卻甘願不知

☆人の身も恋にはかへつ夏虫のあらはに燃ゆと見えぬばかりぞ

hito no mi mo / koi niwa kaetsu / natsumushi no / arawa ni moyu to /
mienu bakari zo

譯者說：此詩被選入《後拾遺和歌集》卷十四「戀歌」。

203

　　淚水像河川一樣
　　從我的身體
　　流淌出──卻無法
　　熄滅我體內
　　燃燒的愛的火焰

☆淚川おなじみよりはながるれどこひをば消たぬものにぞあり
ける

namidagawa / onaji mi yori wa / nagaruredo / koi oba ketanu / mono
ni zoarikeru

譯者說：此詩被選入《後拾遺和歌集》卷十四「戀歌」。

204

白露與
夢，與浮世
與幻影——
比諸我們的愛
似乎是永恆

☆白露も夢もこの世もまぼろしもたとへていへば久しかりけり
shiratsuyu mo / yume mo kono yo mo / maboroshi mo / tatoete ieba /
hisashikarikeri

譯者說：此詩被選入《後拾遺和歌集》卷十四「戀歌」。

205

我不能說
何者為何：
閃閃發光的
梅花正是
春夜之月

☆いづれともわかれざりけり春の夜は月こそ花のにほひなりけ
れ

izure tomo / wakare zarikeri / haru no yo wa / tsuki koso hana no /
nioi narikere

206

　　這揚起的
　　秋風裡藏著
　　什麼顏色，能
　　觸動我心
　　將其深染？

☆秋ふくはいかなる色の風なれば身にしむばかりあはれなるら
む

aki fuku wa / ikanaru iro no / kaze nareba / mi ni shimu bakari / aware
naruran

譯者說：此詩被選入《詞花和歌集》。

207

　　一點聲音都無
　　是苦事，然而
　　如果挪近身子說
　　「真吵！」定有
　　討厭的人在焉

☆音せぬは苦しき物を身に近くなるとて厭ふ人もありけり

oto senu wa / kurusiki mono o / mi ni chikaku / naru tote itou / hito
mo arikeri

譯者說：此詩被選入《詞花和歌集》。

208

　　「去割摘蘆葦吧！」
　　我不作此想——
　　山峰上長出的
　　唯有讓人悲嘆的
　　哀愁⋯⋯

☆蘆苅と思はぬ山の峯にだに生ふなる物を人の歎きは

ashikare to / omowanu yama no / mine ni dani / ou naru mono o / hito
no nageki wa

譯者說：此詩被選入《詞花和歌集》，有題「怨歌」。

209

虛情假意
之人，心
空如蜘蛛網——
啊，今日我又該
如何度過這一天？

☆空になる人の心はささ蟹のいかに今日又かくてくらさむ

sora ni naru / hito no kokoro wa / sasagani no / ikani kyō mata /

kakute kurasan

譯者說：此詩被選入《後拾遺和歌集》卷十六「雜歌」。

210

　　何其心安地
　　他從我的房子離去，
　　快步切斷
　　秋葉鋪成的
　　織錦

☆我が宿のもみぢの錦いかにして心安くはたつにかあるらむ
waga yado no / momiji no nishiki / ikani shite / kokoroyasuku wa /
tatsu ni ka aruran

211

不管今年櫻花
如何怒放，
我將帶著滿懷
梅花香
看它們

☆まさざまに桜も咲かむみには見む心に梅の香をば偲びて

masazama ni / sakura mo sakan / mi niwa min / kokoro ni ume no / ka
oba shinobite

212

我的心思
萬種，
但衣袖
全濕——
一也！

☆さまざまに思ふ心はあるものをおしひたすらに濡るる袖かな

samazama ni / omou kokoro wa / aru mono o / oshi hitasura ni /
nureruru sode kana

譯者說：此詩被選入《後拾遺和歌集》卷十四「戀歌」。

213

想著在夢中
與你相見，
我不斷移動
枕頭，全然
無法入眠……

☆夢にだに見えもやするとしきたへの枕動きていだにねられず
yume ni dani / mie mo ya suru to / shikitae no / makura ugokite / i
dani nerarezu

譯者說：此詩意旨應是襲《古今和歌集》卷十一裡無名氏這首短歌
而來──「每夜，我試著將／枕頭轉向不同方向：／哪一種能讓我
朝向／我們在夢中／相遇的那一夜？」（よひよひに枕さだめむ方も
なしいかに寝し夜か夢に見えむ）。

214

這憂愁之世
誰能慰我？
除了無心，無意，
不來訪我的
你啊……

☆憂世をもまた誰にかは慰めむ思ひ志らずもとはぬ君かな
ukiyo o mo / mata tare ni kawa / nagusamen / omoi shirazu mo /
towanu kimi kana

譯者說：此詩被選入《後拾遺和歌集》卷十三「戀歌」。

215

即便如今我只
見你一回，
我將生生
世世
想你

☆世世を経て我やはものを思ふべきただ一度の逢ふことにより
yoyo o hete / ware ya wa / mono o omoubeki / tada hitotabi no / au
koto ni yori

譯者說：此詩被選入《玉葉和歌集》卷九「戀歌」。

216

何者為佳——
愛一個
死去的人，
或者活著時
彼此無法相見？

☆亡き人をなくて恋ひむと在りながらあひ見ざらむといづれ勝
れり

nakihito o / nakute koin to / arinagara / ai mizaran to / izure masareri

217

久候的那人如果
真來了，
我該怎麼辦？
不忍見足印玷污
庭園之雪

☆待つ人の今も来たらばいかがせむ踏ままく惜しき庭の雪かな
matsu hito no / ima mo kitaraba / ikaga sen / fumamaku oshiki / niwa
no yuki kana

譯者說：此首短歌微妙地暴露出情愛之美與自然之美間抉擇的兩
難，但其實對敏感多情的女詩人而言，兩者可能是二而為一的。此
詩被選入《詞花和歌集》。

218

蟲的歌
沒有歌詞——
但聽起來
像是在唱一首
悲傷的歌……

☆その事と言ひてもなかぬ虫の音も聞きなしにこそ悲しかりけ
れ

sono koto to / iitemo nakanu / mushi no ne mo / kikinashi ni koso /
kanashikarikere

譯者說：蟲的鳴聲、蟲的歌，沒有文字、沒有歌詞，但何以認為其
為悲歌，因為聽的人自己心中孤寂、心中悲也！

256

219

你急急忙忙
要去哪裡？
不論到何處──
今夜你看到的都是
同一個月亮！

☆いづちとて急ぐなるらむいづこにも今宵は同じ月をこそ見め
izuchi tote / isogu naruran / izuko nimo / koyoi wa onaji / tsuki o koso mime

譯者說：此詩的「說話者」似是在抱怨她喜歡的人，心不在她那兒、四處亂跑。「今夜，既然任何一個地方看到的都是同一個月亮，你就乖乖留在我身旁吧！」

220

　　我為何哭泣？
　　啊，是要讓淚
　　匯成水流
　　洗刷此
　　艷名！

☆ことわりに落ちし涙は流れてのうき名をすすぐ水とならまし

kotowari ni / ochishi namida wa / nagarete no / ukina o susugu / mizu
to naramashi

譯者說：此詩有前書謂其情人與其相會，埋怨她花心，當時她一語
不發，事後寫了這首詩送去給他。日語「流れ」（音 nagare，意即
「流」）與「泣かれ」（音 nakare，意「哭泣」）諧音，是掛詞（雙
關語）。「うき名」（浮き名，音 ukina），意為艷聞、艷名、醜聞、
汙名、壞名聲。

221

你非逢坂關的
守關人，憑什麼
責怪我？你連
自己要不要越此關
都猶豫不決！

☆越えもせむ越さずもあらむ逢坂の関守ならぬ人なとがめそ
koe mo sen / kosazu mo aran / ōsaka no / sekimori naranu / hito na
togame so

譯者說：和泉式部是風流多情、艷聞不斷的美女歌人。關於她的
「艷名」，最有名的軼事可能來自當時權重位高的藤原道長──和泉
式部侍奉的中宮彰子之父。他在宮中遇見一位年輕官員正在炫耀手
中一把扇子，藤原道長問其扇子得自何處，對方回答「那女人」──
意指和泉式部。道長把扇子搶過來，在其上寫了「浮女之扇」（浮か
れ女の扇）這幾個字。「浮女」（浮かれ女：ukareme）意思是歌女、
藝妓、遊女，或風流多情女。道長與和泉式部相識已久，對其才貌
亦相當推崇，「浮女」一詞是帶著親暱味的揶揄之稱，並無惡意。他
以直率的方式彰顯了和泉式部這座讓男人們都想親近、朝拜（而未
必可得）的「香爐」之魅力、才情──猶豫不決，不知道要不要「越
關」的藤原道長，可能也是想朝香者之一。和泉式部聽聞上述事
後，即刻回以此處這首也充滿揶揄味的短歌。逢坂關是和歌裡著名
的「歌枕」（名勝、古蹟），這裡用以比喻男女相會、幽會之處。

222

想到
折、賞它們的那人
身上的香味——
這些春花
更加讓人珍惜……

☆折りて見し人のにほひの思ほえてつねより惜しき春の花かな
orite mishi / hito no nioi ni / omouete / tsune yori oshiki / haru no
hana kana

223

　　秋日來臨，
　　常盤山的
　　松風，穿過
　　我身時，似乎
　　也變了顏色⋯⋯

☆秋来れば常盤の山の松風もうつるばかりに身にぞしみける

aki kureba / tokiwa no yama no / matsukaze mo / utsuru bakari ni / mi

ni zo shimikeru

譯者說：此詩被選入《新古今和歌集》卷四「秋歌」。日文「常盤」

（ときわ：tokiwa），常綠、長青，永恆不變之意。

224

今夜我沒有在等
任何人，但當
我遠眺那秋天的
明月，我感覺
我絕對不能睡

☆たのめたる人はなけれど秋の夜は月見て寝べき心地こそせね
tanometaru / hito wa nakeredo / aki no yo wa / tsuki mite nubeki /
kokochi koso sene

譯者說：此詩被選入《新古今和歌集》卷四「秋歌」。

225

晚秋小雨持續

落在我悲傷度日的

這世上——雲間的月

會出來嗎，我要

告別塵世出家嗎？

☆世の中になをもふるかな時雨つつ雲間の月のいでやと思へど
yo no naka ni / nao mo furu kana / shiguretsutsu / kumoma no tsuki
no / ide ya to omoedo

譯者說：此詩被選入《新古今和歌集》卷五「秋歌」。日文詩中的
「ふる」可解作「降る」（音 furu：降下、落下）或「経る」（音
furu：經過、度過），是雙關語。詩人在想「小雨」（比喻她的淚）
不斷落在這世界，會有雲開月明、心頭一亮的開悟時刻嗎？或者她
應當棄離塵世、出家為尼？

226

我眺望野外，
寄生在
芒草根部的
野菰正枯萎──
冬天已至

☆野辺見れば尾花がもとの思ひ草枯れゆく冬になりぞしにける

nobe mireba / obana ga moto no / omoigusa / kareyuku fuyu ni / nari zo shinikeru

譯者說：此詩被選入《新古今和歌集》卷六「冬歌」。野菰（「思ひ草」：おもひぐさ，音omoigusa，字面上的意思為「思之草」），又稱「南蠻煙管」，寄生在芒草、茗荷等植物的一年生草本植物。「おもひぐさ」另可寫為「思ひ種」──意為思慮、思戀之種。

227

算起來，今年餘日
已空空如也——
沒有什麼比
老
更讓人悲傷的了

☆数ふれば年の残りもなかりけり老いぬるばかり悲しきはなし
kazofureba / toshi no nokori mo / nakarikeri / oinuru bakari /
kanashiki wa nashi

譯者說：此詩被選入《新古今和歌集》卷六「冬歌」，有前書「歲
暮，歎己身已老」。

228

> 濺在衣上的露水
> 猶在，而伊
> 人已故──如今
> 我該將把我所愛的
> 那人比作什麼？

☆置くと見し露もありけりはかなくて消えにし人を何にたとへ
む

oku to mishi / tsuyu mo arikeri / hakanakute / kienishi hito o / nani ni
tatoen

譯者說：此詩被選入《新古今和歌集》卷八「哀傷歌」，有前書「小
式部內侍過世後，上東門院問起小式部生前穿過的沾著露水的萩葉
花紋唐衣，乃應命奉上，並詠此歌」。小式部內侍（999-1025）是和
泉式部的女兒，1025 年生下一男嬰後死去。「上東門院」即藤原彰
子（988-1074），一條天皇的中宮。和泉式部此詩或指「人生如朝露」
是大家都知的比喻，但居然小式部生前穿的唐衣上的露水於今猶
在，而她人已亡──人還不如露啊！那能用什麼東西比擬？

229

夜半醒來，寒風
不停吹過我身——
往昔聽到這樣的
風聲，都覺得與
我的衣袖無關……

☆寝覚する身を吹き通す風の音を昔は袖のよそに聞きけむ

nezame suru / mi o fukitōsu / kaze no oto o / mukashi wa sode no /
yoso ni kikiken

譯者說：此詩被選入《新古今和歌集》卷八「哀傷歌」。此詩應為悼
念先後與和泉式部有親密關係的為尊親王或敦道親王兄弟之作。往
昔夜裡聽到風聲覺得與我的衣袖無關。現在呢？現在孤獨一人，聽
到寒風之聲，當不禁心悲淚濕衣袖。

230

今日，你又
一副冷淡的口氣──
是否意謂我必須繼續
一廂情願地悶燒著
如伊吹山的指燒草？

☆今日も又かくや伊吹のさしも草さらば我のみ燃えやわたらむ
kyō mo mata / kaku ya ibuki no / sashimogusa / saraba ware nomi /
moe ya wataran

譯者說：伊吹山，位於今滋賀縣米原市，是滋賀縣內最高峰，俯瞰
日本最大的湖泊琵琶湖，山中藥草植物種類豐富。日文原詩「かく
や伊吹の」（かくやいぶきの，音 kaku ya ibuki no）中的「かくやい
ぶ」，古時寫成「かくやいふ」（音 kaku ya iu），與「かくや云ふ」
（音 kaku ya iu，「如是說」之意）諧音，是雙關語。而「伊吹」（い
ぶき，音 ibuki）又與「息吹」（いぶき，呼吸、氣息之意）同音，
故前述「如是說」也可解作「如是之口氣」。「さしも草」（音
sashimogusa），日文寫成「指燒草」或「差艾」，即艾草、艾蒿。此
詩被選入《新古今和歌集》卷十一「戀歌」。

231

　　但願能獲你的
　　筆跡，即使稀疏
　　如眼前草——
　　尚未足以能一結
　　訂情

☆跡をだに草のはつかに見てしがな結ぶはかりの程ならずとも

ato o dani / kusa no hatsukani / miteshigana / musubu bakari no /
hodo narazutomo

譯者說：此詩被選入《新古今和歌集》卷十一「戀歌」，有前書「二
月許，代一男子寫詩給久不回信之女子」。

232

> 連我的枕頭
> 也不知情，不會
> 露餡──親愛的，
> 別告訴任何人，我們
> 在春夜夢中相逢⋯⋯

☆枕だに知らねば言はじ見しままに君語るなよ春の夜の夢

makura dani / shiraneba ihaji / mishi mama ni / kimi kataru na / haru no yo no yume

譯者說：此詩被選入《新古今和歌集》卷十三「戀歌」。

233

　　我確知今晨你會特別難受

　　因為昨晚一整夜你只是

　　醒著說話說話說話說話……

　　徒辜負春夜，連短暫的春夢

　　也沒做，沒有任何行動！

☆今朝はしも嘆きもすらむいたづらに春のよひと夜夢をだに見
で

kesa wa shimo / nageki mo suran / itazura ni / haru no yo hitoyo /
yume o dani mide

譯者說：此詩被選入《新古今和歌集》卷十三「戀歌」，有前書「三
月時，與某男子徹夜交談，拂曉別後，他送來短歌謂其痛苦依
舊」。在和泉式部回此男子的這首詩裡，她揶揄他與其浪費了整個
春宵，翌日早晨送信息來說自己依舊為愛痛苦，不如當晚及時化言
語為行動，化愛為做愛！此詩讓人想及與謝野晶子《亂髮》裡的一
首短歌──「昨夜燭光下／我們交換的／那許多情詩／豈不／太多
字了（さおぼさずや宵の火かげの長き歌かたみに詞あまり多かり
き）」，以及德國詩人海涅（Heinrich Heine，1797-1856）的詩句──
「言語，言語，言語，而無任何行動！／不曾有過肉，親愛
的！──／不曾有過燉煮的麵團──／總是靈魂！未見烤肉在其
上……」。

234

「我現在就來」——
你的言語之葉
已隨你的疏遠而枯萎：
夜夜這些露珠
我要如何安置？

☆今来むといふ言の葉もかれゆくに夜な夜な露の何に置くらむ
ima kou to / iu kotonoha mo / kareyuku ni / yonayona tsuyu no / nani
ni okuran

譯者說：此詩被選入《新古今和歌集》卷十五「戀歌」，有前書「某
男與某女已約定好相見，某男送信息給對方後卻連回音也沒收到。
代此男子做此短歌寄送女方」。日文原詩中的「かれゆく」（音
kareyuku）是雙關語，既可解作「離れ行」（音 kareyuku，變疏遠之
意），亦可解作「枯れ行」（音 kareyuku，變枯萎之意）。詩中的露
珠應是淚珠或悲傷之喻。

235

　　我該怎麼辦？
　　該怎麼能活在
　　這世上
　　讓愛的苦惱
　　暫時休息一會兒？

☆いかにしていかにこの世にあり経ばか暫しも物を思はざるべき

ikani shite / ikani konoyo ni / arieba ka / shibashi mo mono o /
omowazarubeki

譯者說：此詩被選入《新古今和歌集》卷十五「戀歌」。

236

折此櫻者
是君也，非旁人，
自覺尋常、不夠
精緻的我屋
此際也溢滿花香

☆折る人のそれなるからにあぢきなく見しわが宿の花の香ぞする

ou hito no / sore narukara ni / ajikinaku / mishi waga yado no / hana
no ka zo suru

譯者說：此詩被選入《新古今和歌集》卷十六「雜歌」，有前書「與
敦道親王一同前往前大納言公任白河家。翌日，我請親王遣人送去
此首和歌」。

274

237

如果你真想我，
當如螢火飛過今宵
下雨的天空來訪我——
莫非昨夜我
見到的是月光？

☆思ひあらば今宵の空はとひてまし見えしや月の光かりなりけ
む

omoi araba / koyoi no sora wa / toitemashi / mieshi ya tsuki no /
hikari nariken

譯者說：此詩有前書「月明夜，某人遣人送來一包螢火蟲，隔夜降
雨，詠此詩贈之」。「とひ」（音 toi），有「訪ひ」（來訪）和「飛び」
（飛）兩個意思，是雙關語。此詩意謂：派人送來螢火蟲的你啊，若
真對我熱情如火，今夜雖下雨，當如螢火蟲般飛來看我——難道昨
夜所見非熾熱螢火，而是冷冷月光？此詩被選入《新古今和歌集》
卷十六「雜歌」。

238

我已熟稔的

那人影，已

不住我家——

但拂曉的殘月

每夜都會來訪

☆住みなれし人影もせぬ我が宿に有明の月の幾夜ともなく

suminareshi / hitokage mo senu / wagayado ni / ariake no tsuki no /

ikuyo tomonaku

譯者說：此詩被選入《新古今和歌集》卷十六「雜歌」。日本古代男
女幽會，通常是天黑後男到女處，拂曉前離開女家。詩中女子的戀
人現在已不願來訪，令她觸景生情、在兩人一夜恩愛後相別時出現
的拂曉殘月，卻夜夜來到。

239

　　走到哪裡，避世

　　隱居的地方處處是。

　　君選在大原山——

　　是因為炭佳，

　　還是因為好居住？

☆世をそむく方はいづくにありぬべし大原山はすみよかりきや

yo o somuku / kata wa izuku ni / arinubeshi / ōharayama wa /

sumiyokariki ya

譯者說：此詩被選入《新古今和歌集》卷十七「雜歌」，有前書「聽
說少將井尼從大原山回來」。少將井尼，生平不詳，《新古今和歌集》
收有其和歌一首。大原山是日本著名生產炭之地。日文原詩中「す
み」（sumi），兼有「居住」與「炭」之意，形成雙關語。「すみよ
かりき」（sumiyokariki）因此可解作「很好住」與「炭很好」兩種
意思。

240

退潮到漲潮期間
我東西南北四處尋
小海灣──但我無處
可找到能賜我今生
此身意義之貝殼

☆潮の間に四方の浦浦尋ぬれど今は我が身の言ふかひもなし

shio no ma ni / yomo no uraura / tazunuredo / ima wa wagami no / iu kai mo nashi

譯者說：此詩被選入《新古今和歌集》卷十八「雜歌」。日文原詩中的「かひ」（音 kai），兼有貝、貝殼，以及「甲斐」（かひ：意義、價值）之意。

241

如果你命長，
當能見我
命終──悲哉
想到我死後，可能
無人會懷念我

☆命だにあらば見つべき身の果てを偲ばむ人のなきぞ悲しき

inochi dani / araba mitsubeki / mi no hate o / shinoban hito no / naki
zo kanashiki

譯者說：此詩被選入《新古今和歌集》卷十八「雜歌」。

242

　　黃昏時分，看到
　　雲彩在我眼前
　　飄浮的景緻，就
　　讓我決心不要再
　　這樣遠眺它們

☆夕暮は雲のけしきを見るからにながめじと思ふ心こそつけ

yūgure wa / kumo no keshiki o / mirukarani / nagameji to omou /
kokoro koso tsuke

譯者說：此詩被選入《新古今和歌集》卷十八「雜歌」。此詩亦日本
「物哀」（物の哀れ：mononoaware）美學的映現。說決心不再遠眺
雲彩美景，因為詩人雖然滿心喜悅，深受感動，但她知道她也許再
也不會遇見如斯之景了。

243

暮色漸朦朧──
如此景緻
一生已輪轉看過
多少日？我全神
貫注聽晚鐘……

☆暮れぬめり幾日をかくて過ぎぬらむ入相の鐘のつくづくとし
て

kurenu meri / iku ka o kakute / suginuran / iriainokane / no tsukuzuku
to shite

譯者說：此詩被選入《新古今和歌集》卷十八「雜歌」。

244

忍受如是多憂與愁
依然苟活於此塵世
細細思量時間人間
更須忍受更多辛苦

☆かくばかり憂きを忍びて長らへばこれよりまさるものもこそ
思へ

kakubakari / uki o shinobite / nagaraeba / kore yori masaru / mono
mo koso omoe

譯者說：此詩被選入《新古今和歌集》卷十八「雜歌」，有前書「當
她決心出家為尼時，有人勸阻她」。

245

> 我的父母曾
> 忠告我，不要閑得
> 無事地呆視著──
> 如今卻再無人來問我
> 為什麼陷入沉思

☆垂乳根の諫めし物をつれづれと眺めるをだに問ふ人もなし

tarachine no / isameshi mono o / tsurezure to / nagamuru o dani / tou hito mo nashi

譯者說：此詩被選入《新古今和歌集》卷十八「雜歌」。日文原詩開頭的「垂乳根」（たらちね：tarachine），指母親、父母或父親。此首和泉式部之詩應是父母離世多時後思親之作。

246

那秋風似乎
冷冷吹不停呢，
一再翻轉
葛葉，彷彿顯露
其不悅之顏？

☆秋風はすごく吹けども葛の葉のうらみ顔には見えじとぞ思ふ
akikaze wa / sugoku fukedomo / kuzunoha no / uramigao niwa / mieji
to zo omou

譯者說：此詩被收於《新古今和歌集》卷十八「雜歌」，為和泉式部
針對本書前面所譯赤染衛門寫給和泉式部之詩（見第 68 首譯詩）的
答歌。詩中的葛葉兼指葛葉稻荷神社，在今大阪府和泉市信太森
林——信太森林是和泉國古來知名歌枕，暗指任和泉守的和泉式部
前夫橘道貞。對於其上東門院保守／務實主義同僚赤染衛門勸其勿
輕舉妄動，靜候丈夫回心轉意的建議，善感多情的和泉式部自覺前
夫對其已心冷、心死，她轉而接受敦道親王的追求似無不可。

247

不求像野豬那樣

臥在枯草鋪成的床上

睡得又熟甜又香，

但求能不必因愛的

憂思，全然失眠⋯⋯

☆かるもかき臥す猪の床のいを安みさこそ寝ざらめ斯からずも
がな

karumo kaki / fusu i no toko no / i o yasumi / sa koso nezarame /
kakarazu mogana

譯者說：此詩有前書「寫於帥宮過世之際」，為和泉式部追念已逝的
帥宮敦道親王之作。《和泉式部續集》裡有一百二十餘首和泉式部哀
悼敦道親王的短歌，論者每以「帥宮挽歌群」稱之。「かるも」即「枯
る草」，枯草。此詩被選入《後拾遺和歌集》卷十四「戀歌」。

248

聽人說死者
今夜歸來，
你卻不在這裡。
我住的地方
當真是無魂之屋？

☆亡き人の来る夜と聞けど君もなし我が住む里や魂なきの里
nakihito no / kuru yo to kikedo / kimi mo nashi / waga sumu sato ya /
tama naki no sato

譯者說：此首短歌寫於除夕晚上，詩中的「你」指敦道親王。此亦
「帥宮挽歌群」歌作之一，被選入《後拾遺和歌集》卷十「哀傷歌」。

249

我的身體如此
熟習君身，
要捨此身遁世——
單想都讓人悲，
何忍行之？

☆捨て果てむと思ふさへこそ悲しけれ君に馴れにし我が身とお
もへば

sutehaten to / omou sae koso / kanashikere / kimi ni narenishi /
wagami to omoeba

譯者說：「帥宮挽歌群」中有五首前書為「思出家為尼」之歌作，此
首與下一首譯詩為其前兩首，是和泉式部在敦道親王死後，心傷
悲、興出家之念時所詠之歌。此詩亦被選入《後拾遺和歌集》卷十
「哀傷歌」。

250

啊，以前怎麼
沒想到？
我的身體，思念著
你的身體──是
君留給我的遺物

☆思ひきやありて忘れぬおのが身を君が形見になさむものとは
omoikiya / arite wasurenu / onoga mi o / kimi ga katami ni / nasan
mono to wa

譯者說：此詩以及上一首詩，發想新穎。將被已故去的敦道親王所
深愛、親密相好的「我的身體」比作是他留給我自己的遺物、紀念
品，真是奇特、大膽而動人的比喻。日語「形見」（かたみ，音
katami，意為遺物、紀念品），與「片身」（かたみ，意為半片、半
身）同音，是掛詞（雙關語）──我的身體是另一半的君身，你我
兩半身交合為一體。也因為此身是帥宮珍貴「遺物」，所以上一首詩
裡，和泉式部說她雖然頓失所愛而思落髮為尼，但如果因此而變
容，毀損自身、毀損帥宮留給自己的美麗紀念品，那就更令人傷悲
了；所以她要珍惜己身，為帥宮堅強活下去。

251

往事──
是我無法
書寫盡的主題，
我的淚是
不絕的硯台水……

☆飽かざりし昔の事を書きつくる硯の水は涙なりけり
akazarishi / mukashi no koto o / kakitsukuru / suzuri no mizu wa / namidanarikeri

譯者說：此詩有前書「同宮一位女官想借親王遺硯」，亦為悼念敦道親王之作。和泉式部不停奪眶而出的眼淚的硯台水，一次次催動筆墨成詩，難怪她寫了一百二十多首追念敦道親王之作。

289

252

　　黃昏時候，

　　分分秒秒，

　　那看不見的風的

　　聲音，讓我

　　感到悲傷⋯⋯

☆夕暮れはいかなる時ぞ目に見えぬ風の音さへあはれなるかな

yūgure wa / ikanaru toki zo / me ni mienu / kaze no oto sae / aware naru kana

譯者說：此詩亦為追念敦道親王的「帥宮挽歌群」中之作。

253

河邊的螢火蟲，
彷彿我的
靈魂，從滿溢
渴望的我的
身軀飛離……

☆物おもへば沢の蛍も我が身よりあくがれいづる魂かとぞみる
mono omoeba / sawa no hotaru mo / wagami yori / akugareizuru /
tama ka to zo miru

譯者說：此詩被選入《後拾遺和歌集》卷二十「神祇歌」，有前書
「被一個男人遺忘，我前往貴船神社，見螢火蟲飛舞御手洗川上」。
和泉式部一生「閱男人」頗多，一般認為這首向神訴說愛之苦惱的
短歌，是和泉式部寫給其第二任丈夫藤原保昌之作。貴船神社，在
今京都市左京區。

254

你為什麼逸入
虛空？
即便柔軟易化的
雪，方其落時
也落在這世上

☆などて君むなしき空に消えにけん淡雪だにもふればふる世に
nadote kimi / munashiki sora ni / kie ni ken / awayuki dani mo /
fureba furu yo ni

譯者說：此首短歌為和泉式部悼早逝的亡女小式部之詩。底下第
255 首，是她看到她的外孫（即小式部所生的孩子）後，悲從中來
所寫的。同樣令人感動。

292

255

棄你的孩子與
我而去，你會為
誰心更悲？你當會
更想你的孩子，
一如我想你……

☆とどめおきて誰をあはれと思ふらむ子はまさるらむ子はまさ
りけり

todome okite / tare o aware to / omouran / ko wamasaruran / ko
wamasarikeri

譯者說：此詩被選入《後拾遺和歌集》卷十「哀傷歌」。

256

　　我行將死去──
　　作為從此世帶往
　　來世的回憶，
　　真願此際能
　　再與你一會！

☆あらざらむこの世の外の思ひ出に今ひとたびの逢ふこともがな

arazaran / kono yo no hoka no / omoide ni / ima hitotabi no / au koto mogana

譯者說：此詩有前書「病榻上寄某人」，應是和泉式部去世前不久之作。詩中的「一會」（日文「逢ふ」），指男女相會、幽會，過一夜之意。死亡在望，心中仍充滿激情，吶喊著想跟所愛的男人浪漫度過最後一夜──情人懷中死，做鬼也風流！佛家認為人死前若不能斷棄一切煩惱、慾望，則不能入極樂世界。對和泉式部而言，往生沒有苦難的極樂淨土，似乎比不上塵世（「穢土」：えど）間片刻、激烈的愛。即便生命之火將滅，她仍渴望熱戀。此詩被選入《後拾遺和歌集》卷十三「戀歌」以及《小倉百人一首》中。

式子内親王

Shikishi
Naishinno

式子內親王（51首）

　　式子內親王（Shikishi Naishinno，1149-1201），平安時代末期至鎌倉時代初期的歌人。「新三十六歌仙」、「女房三十六歌仙」之一。後白河天皇的第三皇女。母親是大納言藤原季成之女藤原成子。式子隨二條天皇即位（1159年）入賀茂齋院，為負責齋祭、侍神的未婚皇女，因此又有「萱齋院」、「大炊御門齋院」之稱。1169年因病退下。她拜歌人藤原定家之父藤原俊成學習和歌，但很少參與宮廷歌壇相關活動。1181年以後，年方二十的藤原定家經常出入其御所，兩人間每有唱和贈答之作。她終身未婚，1190年左右出家，法名「承如法」。1201年元月去世，享年五十三歲。有私家集《式子內親王集》。《新古今和歌集》收其歌作49首，僅次於西行法師、慈圓法師、藤原良經、藤原俊成，比藤原定家多三首，是女歌人中最多者。她總共有157首歌作被選入《千載和歌集》以降各敕撰和歌集裡。二十世紀名詩人萩原朔太郎，稱式子內親王的歌作「一方面才氣橫溢、富於機智，一方面感情濃烈、如火燃燒；以極度精緻的技巧，包覆其飽滿的詩情。一言以蔽之，她的歌風乃藤原定家『技巧主義』與《萬葉集》歌人熱情的混合，是《新古今和歌集》歌風確切的代表者」。

257

山深
不知春——
融雪斷斷續續
滴珠於
松木門上

☆山深み春とも知らぬ松の戸に絶え絶えかかる雪の玉水

yama fukami / haru to mo shiranu / matsu no to ni / taedae kakaru /
yuki no tamamizu

譯者說：此詩被選入《新古今和歌集》卷一「春歌」。詩中的「松」
（まつ：matsu）與「待つ」（まつ，等待）同音，是雙關語。

258

　　今晨，我看見
　　風吹過我家園中
　　樹梢：
　　地上——一層層
　　非尋常之雪

☆今朝みればやどの木ずゑに風過ぎてしられぬ雪のいくへとも
なく

kesa mireba / yado no kozue ni / kaze sugite / shirarenu yuki no / ikue
tomo naku

譯者說：此首春歌選自《式子內親王集》，詩中「非尋常之雪」，指
的是散落的櫻花。

259

　　睡夢中追憶那

　　不可追的

　　逝水年華……

　　醒來，

　　枕畔橘花香輕溢

☆かへりこぬ昔を今と思ひ寝の夢の枕ににほふ橘

kaerikonu / mukashi o ima / omoi ne no / yume no makura ni / niou
tachibana

譯者說：此詩被選入《新古今和歌集》卷三「夏歌」，明顯呼應《古
今和歌集》裡無名氏所作的那首著名詠橘花香之歌（「待五月而開
的／橘花，香氣撲鼻／令我憶起／昔日舊人／袖端的香氣」：五月待
つ花橘の香をかげば昔の人の袖の香ぞする），是藤原定家倡揚的
「本歌取」（取用、化用古典短歌之句）理論的實踐。底下的兩首短
歌選自《式子內親王集》，亦與花香（及愛情或忌妒）有關──

260

在誰的村子裡
意外觸到了梅花？
香味如此
鮮明地移至
你袖上……

☆誰が里の梅のあたりにふれつらむ移り香著き人の袖かな

taga sato no / ume no atari ni / furetsuran / utsuriga shiruki / hito no
sode kana

261

　　帶有愛的色澤的

　　梅花──

　　它們的香味

　　留在你衣服上

　　鮮明，不滅……

☆梅の花恋しきことの色ぞそふうたて匂の消えぬ衣に

ume no hana / koishiki koto no / iro zo sou / utate nioi no / kienu

koromo ni

262

桐葉滿園，
要踏過
已難矣——
但你知道，我沒在
等什麼人啊……

☆桐の葉も踏みわけ難くなりにけり必ず人を待つとなけれど
kiri no ha mo / fumiwakegataku / narinikeri / kanarazu hito o / matsu
to nakeredo

譯者說：此詩被選入《新古今和歌集》卷五「秋歌」，甚為微妙。說
「我沒在等什麼人」，恰恰是想著、等著什麼人。滿園桐葉積堆成
「美的柵欄」，等候的人不來也沒關係（啊，真的嗎？），因為落葉
阻擋了來路。但實情可能是怨久候的人遲遲不來（比較本書第 217
首和泉式部詩）。式子內親王據說與小她十三歲的歌人藤原定家姊
弟戀。她向藤原定家之父藤原俊成學和歌，據傳她又是藤原定家之
師，時有和歌往來，互傳心意。可能因地位比男方高，無緣結合。
此詩是日本敕撰和歌集中首見的詠桐葉之作，或受白居易〈晚秋閑
居〉「秋庭不掃攜藤杖，閑踏梧桐黃葉行」詩句啟發，可以相信式子
內親王頗通漢文典籍。有趣的是藤原定家的家集《拾遺愚草》裡也
有一詠桐葉之作，成詩時間比式子內親王早——「夕まぐれ風吹き
すさぶ桐の叶にそよ今さらの秋にはあらねど」（大意：秋日晚風，
習習吹拂眼前桐葉……）。

263

我袖子上的
顏色，已足引人
物議──我不在乎！
只要你明瞭我的
深深思念⋯⋯

☆袖の色は人の問ふまでなりもせよ深き思ひを君し頼まば

sode no iro wa / hito no tou made / nari mo seyo / fukaki omoi o /
kimi shi tanomaba

譯者說：此詩被選入《千載和歌集》卷十二「戀歌」。大意為：即使
我的袖子因我為你哭泣而變色，讓旁人奇怪、質疑，我也不會在
意，只要你真心了解我的情意。

264

各色花朵與
紅葉——
隨它們去吧：
冬日深夜的
松風之音已足矣

☆色色の花も紅葉もさもあらばあれ冬の夜ふかき松風の音
iroiro no / hana mo momiji mo / samo araba are / fuyu no yo fukaki /
matsukaze no oto

譯者說：此詩收於《式子內親王集》裡。

265

> 櫻花已落盡，
> 舉目，不見
> 任何花色——
> 空中
> 春雨濛濛……

☆花は散りその色となくながむればむなしき空に春雨ぞ降る

ima sakura / sakinu to miete / usugumori / haru ni kasumeru / yo no
keshiki kana

譯者說：此詩被選入《新古今和歌集》卷二「春歌」，可能是式子內
親王死前半年所作。平安時代告終，她自己也將不久於人世，讀起
來有點像哀歌。

266

　　像穿玉的細繩，

　　要斷的話，就快斷吧

　　我的生命——

　　再活下去，怕無力隱藏

　　那秘密戀情……

☆玉の緒よ絶えなば絶えねながらへば忍ぶることの弱りもぞする

tama no o yo / taenaba taene / nagaraeba / shinoburu koto no / yowari
mo zo suru

譯者說：此詩有題「秘戀」，被選入《新古今和歌集》卷十一「戀
歌」，亦被選入藤原定家所編《小倉百人一首》中。把「穿玉的細繩」
（玉の緒）變成斷頭台之繩——日文「玉の緒」，亦有「生命」的意
思——這首帶著自虐快感的驚悚之作頗具藤原定家所謂的「妖艷
美」。這首情詩也許就是寫給藤原定家的。

267

> 諸位，請看
> 吉野山峰──
> 連綿之雲如
> 櫻，綻放之花
> 如白雪！

☆誰も見よ吉野の山の峰続き雲ぞ桜よ花ぞ白雪

tare mo miyo / yoshinonoyama no / mine tsuzuki / kumo zo sakura yo / hana zo shirayuki

譯者說：此詩收於《式子內親王集》裡。

268

黃鶯尚未啼鳴，我從
岩間傾瀉而下的
瀑布聲裡
聽見了
春天

☆鶯はまだ声せねど岩そそぐ垂水の音に春ぞ聞こゆる

uguisu wa / mada koe senedo / iwa sosogu / tarumi no oto ni / haru zo
kikoyuru

譯者說：此詩收於《式子內親王集》裡。

269

　　穿過含苞的

　　梅樹，

　　傍晚的月色

　　開始展露

　　春光

☆色つぼむ梅の木の間の夕月夜春の光をみせそむるかな

iro tsubomu / ume no konoma no / yūzukuyo / haru no hikari o /

misesomuru kana

譯者說：此詩收於《式子內親王集》裡。

270

除了花，
可還有其他
慰藉之方：我
淡然地看著它們
淡然地凋落……

☆花ならでまたなぐさむる方もがなつれなく散るをつれなくて見む

hana narade / mata nagusamuru / kata mogana / tsurenaku chiru o /
tsurenakute min

譯者説：此詩被選入《玉葉和歌集》卷二「春歌」。

271

> 我不知山頂櫻花
> 盛放之貌：
> 此際千種色澤
> 消融於
> 春霧中……

☆花咲きし尾上は知らず春霞千種の色の消ゆる頃かな

hana sakishi / onoe wa shirazu / harugasumi / chigusa no iro no /
kiyuru koro kana

譯者說：此詩收於《式子內親王集》裡。

272

松蔭下
岩石間，水流聲
潺潺：蟬的
鳴聲也清涼地
呼應著……

☆松陰の岩間をくぐる水の音に涼しく通ふひぐらしの声
matsukage no / iwama o kuguru / mizu no oto ni / suzushiku kayou
higurashi no koe

譯者說：此詩收於《式子內親王集》裡。本書前所譯第 173 首和泉
式部的短歌中，也曾出現過「岩間をくぐる……音」這樣對岩間水
流聲的描寫，當是式子內親王此詩所「取」法的「本歌」（原典）。

273

　　該怎麼辦？像海浪

　　拍擊沙岸，

　　這摸不透的愛

　　弄得我

　　身心俱碎⋯⋯

☆いかにせむ岸うつ浪のかけてだにしられぬ恋に身をくだきつ
つ

ika ni sen / kishi utsu nami no / kakete dani / shirarenu koi ni / mi o
kudakitsutsu

譯者說：此詩被選入《續後撰和歌集》卷十一「戀歌」。

274

他可知
有些思緒
像月草
糾纏不止，顏色
日益加深？

☆しるらめや心は人に月草のそめのみまさるおもひありとは

shirurame ya / kokoro wa hito ni / tsukikusa no / some nomi masaru /
omoi ari to wa

譯者說：此詩被選入《續後撰和歌集》卷十一「戀歌」。月草（つき
くさ），即鴨跖草。

275

　　倘若無人
　　以筆墨之跡
　　記錄過往，
　　我們何以得見
　　未知的昔日？

☆筆の跡に過ぎにしことをとどめずは知らぬ昔にいかであはまし

fude no ato ni / suginishi koto o / todomezu wa / shiranu mukashi ni /
ikade awamashi

譯者說：此詩被選入《續後撰和歌集》卷十七「雜歌」。

315

276

我以愁緒度過的
今日終將成為
遙遠的昔日，
簷前的梅花啊
莫將我忘記

☆ながめつる今日は昔になりぬとも軒端の梅はわれを忘るな
nagametsuru / kyō wa mukashi ni / narinu tomo / nokiba no ume /
ware o wasuru na

譯者說：此詩被選入《新古今和歌集》卷一「春歌」。

277

　　當我計數那些
　　轉瞬即逝的時光，
　　心中所思
　　唯經歷過的我諸多
　　盼花、惜花的春天！

☆儚くて過ぎにし方を数ふれば花に物思ふ春ぞ経にける

hakanakute / suginishi kata o / kazoureba / hana ni mono omou / haru
zo henikeru

譯者說：此詩被選入《新古今和歌集》卷二「春歌」。

317

278

簷前
八重櫻
已凋零——
起風之前，若
有人來訪就好了！

☆八重にほふ軒端の桜うつろひぬ風よりさきに訪ふ人もがな
yae niou / nokiba no sakura / utsuroinu / kaze yori saki ni / tou hito
mogana

譯者說：此詩被選入《新古今和歌集》卷二「春歌」，有前書「折取
家植八重櫻，攜贈惟明親王，並詠此歌」。

279

豈能忘哉，
以葵花結草
為枕，夜宿
田野間——拂曉
露珠熠熠……

☆忘れめや葵を草にひき結びかりねの野辺の露のあけぼの
wasureme ya / aui o kusa ni / hikimusubi / karine no nobe no / tsuyu
no akebono

譯者說：此詩被選入《新古今和歌集》卷三「夏歌」，有前書「奉
仕於齋院時，於神館所作」。式子內親王於 1159 年至 1169 年間在賀
茂神社擔任侍奉的「齋院」（又稱「齋王」，通常從未婚的皇女中選
出）。每年陰曆四月間會舉行「賀茂祭」（亦稱「葵祭」），賀茂神社
中參與此祭典者須於事前在野外露宿一夜潔身。身為「齋王」的式
子內親王當然也有這種經驗。

280

只聽到布穀鳥

飛啼過雲端的

聲音——是你

在為我們落淚嗎？

這傍晚驟雨

☆声はして雲路にむせぶほととぎす涙やそそぐ宵の村雨

koe wa shite / kumoji ni musebu / hototogisu / namida ya sosogu / yoi
no murasame

譯者說：此詩被選入《新古今和歌集》卷三「夏歌」。

281

近窗處
風吹竹葉颯颯
作響──響斷了
我的小睡
和短夢

☆窓近かき竹の葉すさぶ風の音に いとだ短きうたたねの夢
mado chikaki / take no ha susabu / kaze no oto ni / itodo mijikaki /
utatane no yume

譯者說：此詩被選入《新古今和歌集》卷三「夏歌」。白居易〈夏夜〉
一詩有句「風生竹夜窗間臥，月照松時台上行」。

282

　　帶來陣雨的烏雲

　　已消散，夏陽

　　低掛山頭，別名叫

　　「日暮」的夜蟬

　　在歌唱……

☆夕立の雲もとまらぬ夏の日のかたぶく山にひぐらしの声

yūdachi no / kumo mo tomaranu / natsu no hi no / katabuku yama ni /
higurashi no koe

譯者說：此詩被選入《新古今和歌集》卷三「夏歌」。日文原詩中的
「ひぐらし」（可寫或「蜩」），蟬的一種，中文稱「夜蟬」，又可寫
成「日暮らし」或「日暮」，在此詩中造成微妙的呼應。

283

黃昏時分，
秋色時而
靜悄悄君臨
我簷下
銀色荻花叢

☆黄昏の軒端の荻にともすれば穂に出でぬ秋ぞ下にこと問ふ

tasogare no / nokiba no ogi ni / tomosureba / ho ni idenu aki zo / shita
ni kototou

譯者說：此詩被選入《新古今和歌集》卷三「夏歌」。

284

假寐到天明
衣袖似生
涼意——手頭的
扇子輕搧出
秋天第一道風

☆うたたねの朝けの袖にかはるなりならす扇の秋の初風

utatane no / asake no sode ni / kawarunari / narasu ōgi no / aki no
hatsukaze

譯者說：此詩被選入《新古今和歌集》卷四「秋歌」。

285

　　秋日黃昏
　　舉頭凝望
　　遠方天空中
　　星河河灘——衣袖
　　忽覺涼意生……

☆ながむれば衣手涼し久方の天の川原の秋の夕暮

nagamureba / koromode suzushi / hisakata no / ama no kawara no /
aki no yūgure

譯者說：此詩被選入《新古今和歌集》卷四「秋歌」。

286

芒草的花穗又
飽含露水了——我想
若要不湧淚，我
無法在秋天最盛時
出外凝望它們

☆花すすき又露深しほに出でてながめじと思ふ秋の盛りを
hanasusuki / mata tsuyu fukashi / ho ni idete / nagameji to omou / aki
no sakari o

譯者說：此詩被選入《新古今和歌集》卷四「秋歌」。

秋風還是昔日的

秋風，聽起來又有一點

不同——往事反覆

轉旋，如織出紅藍色條紋

倭文布的麻線球……

☆それながら昔にもあらぬ秋風にいとどながめをしづの苧環

sore nagara / mukashi nimo aranu / aki kaze ni / itodo nagame o / shizu no odamaki

譯者說：此詩被選入《新古今和歌集》卷四「秋歌」。譯詩中的「倭文」（しづ：shizu）布，指的是一種由麻線織成、染成紅色和藍色條紋和不規則圖案的日本古代織物。「苧環」（をだまき：odamaki）則是反覆旋繞、用於紡織倭文布／倭文織的麻線球。這是一首典型取用、化用古典短歌之句，所謂「本歌取」寫作法的例證。所取法的是《伊勢物語》第 32 段裡的短歌——「從前有一男子，與一女子有過一段親密關係，隔絕多年後，寄給她一首短歌：『就像古時／織出紅藍色條紋／倭文布的麻線球一樣，／真希望我們能讓那些往日／反覆轉旋回現在！』（古のしづの苧環繰り返し昔を今になすよしもがな：inishihe no / shizu no odamaki / kurikaeshi / mukashi o ima ni / nasu yoshi mogana）。那女子大概對此歌無甚感覺，連答歌也不想寫。」上面畫線的部分，即是式子內親王此詩所取用之句。

288
　　寂寞地遠眺——
　　真希望我的家能
　　住在秋天之外！
　　現在連山野
　　秋月也遍照

☆ながめ侘びぬ秋より外の宿もがな野にも山にも月やすむらむ

nagamewabinu / aki yori hoka no / yado mogana / no nimo yama
nimo / tsuki ya sumuran

譯者說：此詩被選入《新古今和歌集》卷四「秋歌」。

289

　　如果方入夜時
　　這月亮就讓我愛睏
　　入睡了──現在
　　我就不會在乎它
　　已西沉到接近山脊！

☆宵の間にさてもね寝べき月ならば山の端近かきものは思はじ

yoi no ma ni / satemo nenubeki / tsuki naraba / yama no ha chikaki /
mono wa omowaji

譯者說：此詩被選入《新古今和歌集》卷四「秋歌」。

290

望月望到三四更
讓我心悲——
再也不要
為秋夜的月
掛念了！

☆更くるまでながむればこそ悲しけれ思ひも入れじ秋の夜の月
fukuru made / nagamureba / koso kanashikere / omoi mo ireji / aki no
yo no tsuki

譯者說：此詩被選入《新古今和歌集》卷四「秋歌」。

291

　　　雖然秋色
　　　遠在樹籬上，
　　　我的手枕
　　　已熟悉我
　　　臥房裡的月光！

☆秋の色はまがきにうとくなりゆけど手枕なるる閨の月影

aki no iro wa / magaki ni utoku / nariyukedo / tamakura naruru / neya no tsukikage

譯者說：此詩被選入《新古今和歌集》卷五「秋歌」。手枕，以手為枕、曲肱為枕。

292

荒園不見人跡
露水重壓著
低矮的白茅
白茅最底下處——
松蟲的叫聲

☆跡もなき庭の浅茅にむすぼほれ露の底なる松虫の声

ato mo naki / niwa no asaji ni / musubohore / tsuyu no soko naru /
matsumushi no koe

譯者說：此詩被選入《新古今和歌集》卷五「秋歌」。日文原詩中
「松虫」的「松」（matsu），兼有「待つ」（等待）與「松」之意，
是雙關語。所以此詩表面上寫松蟲鳴聲唧唧的悲涼秋景，實際上是
一個久候愛人來訪未果的孤寂女子，心中悲哀的低鳴。

293

　　擣衣千千聲

　　驚我夢，

　　袖上——

　　露水般淚珠

　　應聲而碎……

☆千たび打つ砧の音に夢さめて物思ふ袖の露ぞくだくる

chi tabi utsu / kinuta no oto ni / yume samete / mono omou sode no /
tsuyu zo kudakuru

譯者說：此詩被選入《新古今和歌集》卷五「秋歌」，有前書「思擣
衣」。

333

294

長夜已深，
山端
月
明，十市村
擣衣聲亮

☆更けにけり山の端ちかく月さえて十市の里に衣打つ声
fukenikeri / yamanoha chikaku / tsuki saete / tōchi no sato ni / koromo
utsu koe

譯者說：此詩被選入《新古今和歌集》卷五「秋歌」。「十市」是奈
良的一個村落。白居易〈擣衣〉一詩有句「八月九月正長夜，千聲
萬聲無了時」。譯詩中最後一字「亮」，既是因月明而「亮」，也是
（入耳的）擣衣聲（隨之）響「亮」──視覺、聽覺俱在。

295

　風寒
　樹葉漸漸散落
　天空無遮──
　夜夜，月光
　灑滿我庭園

☆風寒み木の葉はれゆくよなよなに残るくまなき庭の月影

kaze samumi / konoha hareyuku / yonayona ni / nokoru kumanaki /
niwa no tsukikage

譯者說：此詩被選入《新古今和歌集》卷六「冬歌」。

296

如你所眼見，
冬來，野鴨
始終停留在
海灣岸邊——薄冰
正漸次成形

☆見るままに冬は来にけり鴨のゐる入江のみぎは薄氷つつ

miru mama ni / fuyu wa kinikeri / kamo no iru / irie no migiwa /
usugōritsutsu

譯者說：此詩被選入《新古今和歌集》卷六「冬歌」。

297

夜半
窄席子上，我的
衣袖分外清澈──
山岡上的松樹
初雪白皚皚

☆狭筵の夜半の衣手冴え冴えて初雪白し岡の辺の松

samushiro no / yowa no koromode / saesaete / hatsuyuki shiroshi /
okanobe no matsu

譯者說：此詩被選入《新古今和歌集》卷六「冬歌」。初雪，今年第
一場雪。

298

連日
雪飄降——
炭窯的煙，讓
大原鄉間
倍加寂寥

☆日數ふる雪げにまさる炭竈の煙も寂し大原の里

hikazu furu / yukige ni masaru / sumigama no / keburi mo sabishi /
ōhara no sato

譯者説：此詩被選入《新古今和歌集》卷六「冬歌」。大原，在京都
北邊，産炭之地。

338

299

春雨潤天下，
舉目所見
千萬草木萌綠芽──
繁衍、綿長如
君之治世永無疆

☆天の下芽ぐむ草木の目も春に限りも知らぬ御代の末末
amenoshita / megumu kusaki no / me mo haru ni / kagiri mo shiranu /
miyo no suezue

譯者說：此詩被選入《新古今和歌集》卷七「賀歌」。

300

雄島海濱松樹的
根啊，你們是
夜晚的枕頭，但別把
自己弄得濕漉漉的——
你們非漁人之袖啊！

☆松が根の雄島がいそのさ夜まくらいたくな濡れそ海人の袖かは

matsu ga ne no / ojima ga iso no / sayo makura / itaku na nure so / ama no sode ka wa

譯者說：此詩被選入《新古今和歌集》卷十「羈旅歌」。詩中「濕漉漉」，意謂因淚水而濕。

340

301

> 無人知我
> 心中之戀——
> 黃楊做的小枕啊
> 攔截住我整床的淚，
> 別讓它們外流⋯⋯

☆わが恋ひは知る人もなし堰く床の涙もらすなつげの小枕

waga koi wa / shiru hito mo nashi / seku toko no / namida morasu na /
tsuge no omakura

譯者說：此詩被選入《新古今和歌集》卷十一「戀歌」，寫暗戀之情。黃楊，黃楊科常綠小灌木，其木材緻密，可製成梳子、枕頭等。

302

> 你在夢中一定
> 看見——我
> 終宵悲嘆
> 入眠，淚濕
> 衣袖的景象

☆夢にても見ゆらむものを嘆きつつうちぬる宵の袖のけしきは
yume nite mo / miyuran mono o / nagekitsutsu / uchinuru yoi no /
sode no keshiki wa

譯者說：此詩被選入《新古今和歌集》卷十二「戀歌」。

303

閨房外
杉木板門邊
待君至──
山脊上的月啊
莫讓夜太快變深

☆君待つと閨へも入らぬ槇の戸にいたくな更けそ山の端の月

kimi matsu to / neya e mo iranu / maki no to ni / itaku na fuke so /
yamanoha no tsuki

譯者說：此詩被選入《新古今和歌集》卷十三「戀歌」，有題「等待
戀人來訪」。槇（まき：maki），即本書第 147 首譯詩中提到的「真
木」，中文稱作土杉、羅漢杉、羅漢松的常綠喬木。

304

荻花上的風啊，
如今我淡然地聽你
吹拂而過之聲——
你卻裝作一副
不知道的樣子！

☆今はただ心の外に聞く物を知らず顔なる荻の上風

ima wa tada / kokoro no hoka ni / kiku mono o / shirazugao naru / ogi
no uwakaze

譯者說：此詩被選入《新古今和歌集》卷十四「戀歌」。

305

我命明日
休矣！君若非
薄情至極之人，
願來訪我，就請
今夜來訪吧！

☆生きてよも明日まで人はつらからじこの夕暮を問はばと問へ
かし

ikite yomo / asu made hito wa / tsurakaraji / kono yūgure o / towaba
toekashi

譯者說：此詩被選入《新古今和歌集》卷十四「戀歌」。

306

拂曉雞鳴
深觸我心──
當我在枕上
陷於永夜
苦惱長眠……

☆暁のゆふつけ鳥ぞあはれなる長きねぶりを思ふ枕に
akatsuki no / yūtsukedori zo / aware naru / nagaki neburi o / omou
makura ni

譯者說：此詩被選入《新古今和歌集》卷十八「雜歌」。日文詩中的
「ゆふつけ鳥」（yūtsukedori，即「木綿付け鳥」：繫著棉線或棉紗的
鳥），雞的別名。「長きねぶり」（nagaki neburi，即「長き眠り」），
意謂長眠，或死去、永眠；亦為佛教語「無明長夜」之喻，指某人
的生命陷於煩惱中而不見不可思議之光明（不明真理）。

307

已經歷的過去，

未經歷的未來，

都只是短暫

飄浮於

枕上的幻象……

☆見し事も見ぬ行く末も仮初めの枕に浮かぶ幻のうち

mishi koto mo / minu yukusue mo / karisome no / makura ni ukabu /
maboroshi no uchi

譯者說：此詩收於《式子內親王集》。日本現代詩人、評論家大岡信
（1931-2017），說式子內親王是出現於「平安時代」最末期的一位獨
具一格的女詩人，擅長「以細膩的感性刻繪孤獨的內在心景」，是與
《萬葉集》、《古今和歌集》鼎足而立、富涵新感性、於「鎌倉時代」
編成的《新古今和歌集》裡的代表性歌人。他舉此首非常孤獨、寂
寞，又非常動人心弦的詩為例，說她的歌作「超越了單一的時代和
階級界限，將觸角伸向人類普遍經驗的世界」。

陳黎、張芬齡中譯和歌俳句書目

《亂髮：短歌三百首》。台灣印刻出版公司，2014。

《胭脂用盡時，桃花就開了：與謝野晶子短歌集》。湖南文藝出版社，2018。

《一茶三百句：小林一茶經典俳句選》。台灣商務印書館，2018。

《這世界如露水般短暫：小林一茶俳句300》。北京聯合出版公司，2019。

《但願呼我的名為旅人：松尾芭蕉俳句300》。北京聯合出版公司，2019。

《夕顏：日本短歌400》。北京聯合出版公司，2019。

《春之海終日悠哉游哉：與謝蕪村俳句300》。北京聯合出版公司，2019。

《古今和歌集300》。北京聯合出版公司，2020。

《芭蕉・蕪村・一茶：俳句三聖新譯300》。北京聯合出版公司，2020。

《牽牛花浮世無籬笆：千代尼俳句250》。北京聯合出版公司，2020。

《巨大的謎：特朗斯特羅姆短詩俳句集》。北京聯合出版公司，2020。

《我去你留兩秋天：正岡子規俳句400》。北京聯合出版公司，2021。

《天上大風：良寬俳句・和歌・漢詩400》。北京聯合出版公司，2021。

《萬葉集365》。北京聯合出版公司，2022。

《微物的情歌：塔布拉答俳句與圖象詩集》。台灣黑體文化，2022。

《萬葉集：369首日本國民心靈的不朽和歌》。台灣黑體文化，2023。

《古今和歌集：300首四季與愛戀交織的唯美和歌》。台灣黑體文化，2023。

《變成一個小孩吧：小林一茶俳句365首》。陝西師大出版社，2023。

《致光之君：日本六女歌仙短歌300首》。台灣黑體文化，2024。

《願在春日花下死：西行短歌300首》。台灣黑體文化，2024。

國家圖書館出版品預行編目(CIP)資料

致光之君：日本六女歌仙短歌300首 / 紫式部,和泉式部等著;陳黎,張芬齡譯. -- 初版. -- [新北市]：
黑體文化出版：遠足文化事業股份有限公司發行,2024.04
　面；　公分. -- (白盒子;7)
ISBN 978-626-7263-72-3 (平裝)

863.51

113003453

黑體文化

讀者回函

白盒子7

致光之君：日本六女歌仙短歌300首

作者‧紫式部、和泉式部等｜譯者‧陳黎、張芬齡｜責任編輯‧張智琦｜封面設計‧許晉維｜
出版‧黑體文化／左岸文化事業有限公司｜總編輯‧龍傑娣｜發行‧遠足文化事業股份有限公
司（讀書共和國出版集團）｜電話‧02-2218-1417｜傳真‧02-2218-8057｜客服專線‧0800-221-
029｜讀書共和國客服信箱service@bookrep.com.tw｜官方網站‧http://www.bookrep.com.tw｜法律
顧問‧華洋法律事務所‧蘇文生律師｜印刷‧中原造像股份有限公司｜排版‧菩薩蠻數位文化
有限公司｜初版‧2024年4月｜定價‧380｜ISBN‧9786267263723｜EISBN‧9786267263716
（PDF）｜EISBN‧9786267263709（EPUB）｜書號‧2WWB0007